KB024654

시드니 할매's 데카메론

시드니 할매's 데카메론
일곱 할머니의 우아하고 유머러스한 에세이

초판 1쇄 발행 2023년 2월 22일

지은이 김수영, 김정인, 박조향, 배명희, 심무경, 양혜자, 이마리
펴낸이 김선기
펴낸곳 (주)푸른길
출판등록 1996년 4월 12일 제16-1292호
주소 (08377) 서울시 구로구 디지털로 33길 48 대륭포스트타워 7차 1008호
전화 02-523-2907, 6942-9570~2
팩스 02-523-2951
이메일 purungilbook@naver.com
홈페이지 www.purungil.co.kr

ISBN 978-89-6291-998-1 03810

• 이 책은 (주)푸른길과 저작권자와의 계약에 따라 보호받는 저작물이므로 본사의 서면 허락 없이는 어떠한 형태나 수단으로도 이 책의 내용을 이용하지 못합니다.

일곱 할머니의

우아하고 유머러스한

에세이

시드니 할매's 데카메론

Sydney Decameron

푸른길

누군가의 어미이고 그 전엔 청춘이었을 아가씨
꿈 많은 소녀였고 까르륵거리는 개구쟁이 아이였지

흰 머리칼 펄럭이며 달려온 긴 여정
이제 가쁜 숨 고르며 손주 손 잡아 주는
그대의 이름은 할머니

• 프롤로그 •

사철 새파란 하늘과 붉은 흙의 배합이 아름다운 남반구. 나는 이곳에서 오지(Aussie: 호주 토종)라 불릴 만큼 반평생도 더 산, 내 또래의 이민자 여인들을 만나 귀한 인연을 맺었다. 인생은 예측할 수 없는 일투성이라고 하지만 70대 여인들의 독서 모임이 글쓰기 모임이 되기까지 오래 걸리지 않았다는 게 그저 신기할 뿐이다.

코로나 봉쇄령으로 먹거리 장보기와 병원 응급실 외에는 외출이 어려웠을 때, 나는 운 좋게도 온라인에서 여섯 명의 할머니들을 만나게 된다. 낯선 이국땅에서 함께 글쓰기 행복을 나눌 수 있는 사람들을 만난 건, 지금 생각해도 우연을 넘어 벅찬 행운이었다. 우리의 수필 모임은 단톡방에서 처음 시작되었다. 모임의 이름을 '팔색조'라고 짓고 호기심 가득한 글쓰기 첫걸음마를 떼었다.

호주에서 만난 그 한국 할머니들을 나는 '뮤즈'라고 부르고 있다. 그 뮤즈들, 이민 초기 젊은 시절엔 영어를 배우랴 빵과 치즈 먹으랴 김치 냄새 풍기지 않으랴 낯선 나라, 낯선 땅에서 평생을 조심스럽게 살았다. 그러나 이제 자식 농사 다 짓고 멋진 할머니로 당당히 남았으니 '나를, 내 것을 사랑할 시간'을 누려야 할 차례라고 생각했다. 그저 그렇게 나이 들어가기엔 인생은 너무도 아름답고 찬란했으니까.

영어권에서 사는 게 만만치 않았는데 이제 고국의 언어로 읽고 쓰는 글쓰기라니! 활력을 되찾은 뮤즈들은 물을 만난 물고기 같아 보였다. 내 나라, 내 언어의 축제를 즐기러 그토록 먼 길을 돌고 돌아 글쓰기 방 앞에 와 선 팔색조 할머니들. 원석을 갈고닦듯이 글쓰기를 거듭할수록 우리 안의 무언가가 화사한 본색을 드러내는 듯한 느낌이었다. 태풍처럼 강한 담금질에 몸을 던지고 때로는 해오라기처럼 아련한 윤무와 환상궁합을 맞추며 우리는 글쓰기 덕후가 되어 갔다. 나 역시 팔색조들과의 합평에 '지적질 대장'의 소임을 성실히 수행했다. 원석의 숨은 빛깔을 당사자보다 먼저 알아본 사람이 나였기에 더욱 그랬다.

물론 글쓰기 과정이 순조롭기만 한 건 아니었다. 종종 줌이나 컴퓨터 작업이 더디어 글쓰기를 망설이는 뮤즈가 생기기도 했으니까. 그런 때에도 우리는 손으로라도 글을 써 보자고 서로 격려했다. 뮤즈가 공들여 쓴 글을 우편으로 부치면, 다른 뮤즈가 워드로 입력해 전자우편으로 팔색조 전원에게 보내 주었다. 서로의 일상을 함께 다독일수록 글은 나날이 좋아져만 갔다. 마음 한 곳을 툭 건드리면

봉숭아 씨앗처럼 담화가 터지기 시작했다. 꼬리를 물며 터져 나오는 이야기들을 쉴 새 없이 받아 적는 동안은 시간도 빠르게 흘러가 버려서, 그 시간은 마치 어떤 의식을 치르는 순간 같기만 했다. 그런 시간을 거쳐 한 편의 글이 완성될 때마다 우리는 마음이 벅차올랐다. 평생 처음 맛보는 신선한 감격이었다.

『시드니 할매's 데카메론』은 우리가 그동안 써 온 글들을 엮은 수필집으로 손주들에게 꼭 들려주고 싶은 할머니들의 이야기이다. '너희는 아니? 할미에게도 청춘이 있었음을. 이 나이에 글을 쓰는 동안 그때의 생동하는 나와 다시 만날 수 있어 무척 기뻤단다.' 우리는 전하고 싶은 마음속 메시지를 군데군데 남겨 두었다. 수필 모임의 책이지만 콩트 한 편(「탬워스 컨트리 뮤직 페스티벌」)도 양념으로 들어가 있다. 이 책을 읽을 독자님들께도 우리가 살아온 삶의 기쁨을 나누어 드려 조금의 위안이라도 된다면 더 이상 바랄 게 없을 것이다.

코로나로 인간의 유한함을 배우면서 한 권의 책을 탄생시킨 팔색조 할머니들, 수고하셨어요. 사랑합니다.

– 팔색조 맨 작은 깃털 이마리

• 차 례 •

7. 가족이라는 이름

1. 남반구에서 살아요

흔들의자

지난밤 유난히 괴로워 잠을 설치고 아침잠에 곯아떨어졌었나 보다. 커튼 사이로 스며든 강한 빛줄기에 눈이 부셔 벌떡 일어나 마당으로 나갔다. 웬 흔들의자가 얌전히 놓여 있다. 이상한 일이다. 어젯밤 느닷없이 흔들의자 타령했더니… 혹시? 뭐든지 사 들고 들어올 때마다 옛날 옛적 양반들 '이리 오너라'처럼 "여 좀 나와 봐라. 이거 좀 받아라." 요란스러운 영감이 웬일이지? 생일 선물인가? 그럴 리가? 뭔가 계속 이상하다.

30여 년 전 이민해 오기를 꺼렸던 나를 영감이 온갖 달콤한 얘기로 꼬드겼다. "니는 아무것도 안 해도 된다. 흔들의자에 앉아 니 좋아하는 책이나 읽고 그림 실컷 그리고 여행이나 다니면 된다."라고.

그걸 곧이들은 건 아니지만 20년 세월 동안 쇼핑센터에서 사업을 한다고 가산을 탕진해서 얻은 건 골병뿐이다. 최근 불현듯 울화가 치밀어 "흔들의자는 언제 사 주는 거야?" 하고 앙탈을 부렸는데 무슨 말이든 내 말이 끝나기도 전에 되받아치던 영감이 마음이 켕겼는지 묵묵부답이었다.

문득 창밖을 보니 옆집 데이비드가 우리 마당에 들어와 우리 영감이랑 아침 인사를 나누고 있었다. 나를 발견한 데이비드가 내게 흔들의자에 앉아 보라고 권했다. 나에게 주는 선물이라면서. 깜짝 놀라 어리둥절한 상태로 앉아 보았다. 어쩜 나에게 꼭 맞는 아담한 흔들의자였다. 크기며 디자인이며 내가 원하던 것 이상으로 아름다운 작품이었다. 우아! 나는 자다가 부스스 산발하고 나온 내 모습이 창피한 줄도 모르고 마구 비명을 질러 댔다. 감동과 감격에 겨워 흥분이 가라앉질 않는다. 내가 매일 의자에 앉아 일광욕하는 걸 눈여겨보았었나 보다. 그는 이 의자가 "네 허리 아픈 데 도움이 될 거다"라고 했다.

향기로운 나무를 가지고 기계가 아닌 손 연장으로 다듬은 공예 작품에 금방 반해 버렸다. 미술을 전공한 내가 보아도 빼어난 솜씨였다. 그런데 아무리 생각해도 왜 내게 그런 귀한 선물을 주었는지 이해가 안 갔다. 얼마 전 데이비드에게 이사를 환영한다는 의미로 와인 한 병 건네며 인사를 나눈 것이 전부인데….

이전에 그 집에 살던 셴은 일가친척 하나 없는 혈혈단신이었다. 예의 바르고 상냥한 중년의 환자가 이삿짐도 가구도 없는 텅 빈 집 적막한 마당에 홀로 앉아 있는 모습이 처량해 보였다. 그러나 대화를 나누어 보니 그는 발에 붕대를 잔뜩 감아 걷지 못하면서도 무척이나 명랑한 사람이라 놀랐다. 내가 다리 통증 때문에 안절부절못하고 울부짖고 신음하며 뒹굴던 시기였는데, 셴이 아침마다 내 안부를 물어봐 주는 게 내심 위로가 되었다는 걸 나중에야 깨달았다. 어쩌다 마주치면 얼마나 반가웠던지. 동병상련 환자들끼리의 측은지심이었을까. 내 상태가 조금 호전되자 자꾸 셴에게 마음이 쓰였다. 우리 영감이 우유, 빵 등 먹거리를 사다 줘 먹을 게 조금이라도 생겼다 하면 나는 셴의 몫을 챙겼다. 때로는 음식도 만들어 가져다주었다. 내가 제일 쉽게 할 수 있는 건 달걀을 삶아서 보내는 거였다. 주부가 장장 1년을 누워 있으니 교회에서 음식을 보내 주기도 했다. 나는 셴에게 구세군(Salvation Army)에서 전도한 거라고 말하며 그와 아낌없이 나누어 먹었다. 오래전부터 다리를 앓던 셴은 어느 날 한쪽 다리를 자르고 왔는데도 여전히 명랑해 보였다. 교회에서 보내 준 김밥, 잡채 등 한국 음식을 잘 먹는 그를 볼 때마다 나는 그 음식들이 그에게 위로가 되었으면 하는 마음이었다. 이웃을 사랑할 기회를 주신 하나님께 감사 기도가 절로 흘러나왔다.

내가 보조기를 잡고 걸음마 연습을 시작할 때면 셴은 손뼉을 치며 응원해 주었다. 어느날 남은 다리마저 잘라 내고 나타난 셴은 여전히 희희낙락했다. 인간 토르소(Torso)가 되자 정부에서 전기 오토바이를 배려해 주어 그는 틈만 나면 혼자 쇼핑을 하거나 돌아다니곤 했다. 나는 그 모습을 보는 게 좋았다. 그랬었는데 어느 날 셴이 죽었단다. 도저히 믿기지 않았다. 두 다리가 몽땅 절단되었지만 단단하고 건강해 보이던 중년 남자가 이렇게 갑자기 세상을 떠날 수 있단 말인가? 허무했다.

내가 셴에게 건넨 건 아주 작고 초라한 선의였는데, 아무 연결 고리가 없는 데이비드에게서 분에 넘치게 귀한 선물을 받게 되니 그 점이 마음에 걸렸다. 과연 받아도 되는 걸까? 내게 받을 자격이 있는 걸까? 이 기적 같은 에피소드를 연출한 보이지 않는 손길은 침묵 속에서 일하시는 그분이라는 확신이 든다. 아직도 귀에 쟁쟁한 오지 억양으로 "하오 아 유 투다이?" 하던 셴의 목소리가 그립다. 말끝마다 '달링'을 붙이는 건 습관적인 것 같아 자연스럽게 이해하고 덤덤하게 받아들였지만 나쁘진 않았다. 평생 들어 보지 못한 달콤한 달링 소리를 넘치게 말해 주고 떠난 셴은 떠올리는 것만으로도 한 줄기 햇살처럼 나를 따스하게 해 준다.

오늘도 데이비드가 만들어 준 예쁜 흔들의자에 앉아 흔들거리며 짧지만 아름다운 우정을 나누었던 셴을 추억해 본다. 타인에게 보낸 따뜻한 관심과 미소, 위로의 한 마디가 우리의 삶을 아름다움으로 가득 채워 주고 오래오래 지탱해 준다는 것을 사람들은 알고 있을까?

✍ 박조향

수영장 단상

맑고 깨끗한 수영장은 자연이 그려 주는 대로 무엇이든 담아내는 좋은 화폭이 된다. 파란 하늘의 흰 구름을, 먹구름을, 나무의 그림자를, 계절에 따라 시시각각 다른 모습으로 그려 주고 있다. 얼마 전에는 화사한 보라색 자카란다 꽃잎이 수영장 가득 떨어져서 모네의 그림 한 폭을 보는 듯 황홀경에 빠졌다. 지금은 분홍색 줄 장미의 꽃잎이 미풍에 하늘하늘 날아와 물 위에 가득 떠 있다. 가벼운 꽃잎은 물결이 이는 대로 이리저리 떠다니며 아름다움을 연출해 주고 있다. 어느덧 수영장은 장미 향기로 가득해졌다.

그러나 안타깝게도 우리 부부는 수영을 못해서 수영장을 바라만 보고 있다. 남편은 아예 물에 뜨지 못하는 수준이고 나는 물에 겨우

뜨기는 하는데 숨을 쉬려면 이내 가라앉는다. 수영을 배울 때 코로 입으로 물이 들어가는 어려운 고비를 못 넘긴 탓이다. 물에서 걷기만 해도 운동이 된다고 하지만 차가운 물에 몸을 담그기가 쉽지 않고 또 자주 다리에 쥐가 나서 힘들기도 하다. 이래저래 우리는 수영장 관리만 하고 손주들이 수영하러 오기만을 기다리고 있다. 그런 우리의 마음을 알고 딸들이 아이들을 데리고 와서 놀고 간다. 그럴 때면 첨벙첨벙 소리와 시끌벅적 고함으로 모처럼 집이 활기를 되찾는다.

어느 날 무료하게 수영장을 바라보고 있는데 귀한 손님이 찾아왔다. 어미 오리가 새끼를 여러 마리 거느리고 나들이를 나왔다. 주인의 허락도 없이 물에서 놀고 있는 것을 우리가 발견한 것이다. 수영 강습을 하러 왔는지 더운 여름에 피서를 왔는지 모두가 물에 둥둥 떠서 재미있게 놀고 있었다. 이곳을 어찌 알고 찾아왔을까? 어디서 왔을까? 어린 새끼들을 거느리고! 참으로 신기했다.

한동안 신나게 놀다가 어느새 어미 오리가 이만하면 충분히 놀았다고 생각했는지 수영장 밖으로 나갔다. 새끼들은 더 놀고 싶으나 아쉬운 마음을 뒤로하고 엄마를 놓칠세라 물 밖으로 나가려고 애를 썼다. 그런데 이를 어쩌나. 어린 오리들의 짧은 다리로는 아무리 용을 써도 뭍으로 올라가기가 쉽지 않았다. 어미가 수영장 난간을 이리저리 왔다갔다 우왕좌왕 헤매었다. 그 또한 뾰족한 수가 없어 보였다. 들어올 때는 호기 있게 들어 왔는데 이런 난관이 있을 줄이야! 어미도 미처 거기까지는 생각하지 못했나 보다. 저들이 어려움을 스스로 해결하도록 기다리고 있었지만 아무래도 헤어날 방법이 없는 듯했다.

새끼 오리들이 놀랄까 염려되어 조심스럽게 다가가 뜰채로 한 마리씩 꺼내 주었으나 고맙다는 인사도 없이 가 버렸다. 오늘 우리가 베푼 작은 돌봄이 오리들에게는 구원의 생명선이 되었을 것 같다. 착한 일을 한 것 같아 온종일 흐뭇했다. 그러나 그들은 어지간히 혼이 났는지 그 후로 더 이상 오지 않았다. 어디로 갔는지 얼마나 자랐는지 한 번 더 놀러 오면 좋으련만.

지금은 맑고 깨끗한 수영장이 나의 마음을 비춰 주는 거울이 되기도 하고 더위를 식혀 주는 역할도 해 주지만, 한때는 매몰될 위기에 처한 적도 있었다. 수영장 근처의 큰 나무와 수양버들 가지가 조금만 바람이 불어도 많은 낙엽을 떨어뜨렸다. 특히 가지나 나무껍질 같이 무거운 것은 쉽게 바닥에 가라앉았고 청소하는 기계도 그것을 쉽게 제거하지 못했다. 매일 소독약을 뿌려도 여전히 이끼가 꼈다. 물이 금세 녹색으로 변해 보기에도 지저분했다. 그래서 성가신 수영장을 메워 버리려고 알아봤더니 그 일도 만만치 않았다.

먼저 나무부터 자른 후 수영장 전문가와 상의했다. 그의 조언에 따라 기계를 자동으로 대체하고 소독약 대신 소금으로 소독하도록 바꾸었더니 관리가 훨씬 쉬워졌다. 잘 모르면 전문가와 상의했어야 했는데 그동안 참 미련하게 살았나 싶다.

이제는 수영만 할 줄 알면 된다. 수영장이 늘 곁에 있고 깨끗한 물이 우리를 맞이할 준비가 되어 있다. 비록 내가 수영을 할 줄 모르나, 한 가지 사실만은 분명하게 알고 있다. 몸의 힘을 다 빼고 자신의 전부를 물에 맡기면 반드시 뜰 수 있다는 것을. 모든 운동이 다 그런가? 골프를 배울 때도 그랬다. 힘껏 내리치면 공이 멀리 가는 줄 알고 힘을 다해 골프채를 휘둘렀는데, 공은 바로 내 코앞에 있지 않았던가. 힘을 빼야 했다. 우리네 인생살이도 그러한가? 자신을 다 내려놓고 나를 만든 창조자의 뜻에 맡기고 사는 것. 그것이 내가 사는 길임을 아는데도 욕심이 앞서니 그게 마음대로 잘 안된다. 언제쯤 자유로운 삶을 살 수 있을까? 또 수영은? 이 두 가지 문제가 앞으로 내가 풀어 가야 할 숙제로 남아 있다.

홍콩에 사는 아들과 손주들이 다음 달에 호주로 휴가차 오겠다고 연락이 왔다. 그 소식을 듣던 날 우리 부부는 흥분하여 한동안 일이 손에 잡히지 않았다. 머물고 갈 한 달 일정을 미리 짜 보고 행복해했다. 코로나로 인해 하늘길이 막혀 몇 년째 만나지 못했으니 그럴 만도 했다. 지금은 오미크론이란 이름으로 전염병이 우리를 위협하고 있다. 그런 위험의 난관을 뚫고 이곳을 온다는 게 반갑고 고마워 두 팔 벌려 환영하지만, 홍콩으로 돌아가서 3주 동안 호텔에서 격리되어야 한다니 어찌해야 할지.

그러나 나에게는 벌써 수영장에서 놀고 있는 손주들의 모습이 그려진다. 어느새 이곳에 사는 사촌들과 어울려 첨벙첨벙, 시끌벅적 즐겁게 뛰놀고 있다. 깔깔 웃는 소리도 들리는 것 같다. 희망이 아지랑이가 되어 눈앞에서 어른거린다.

✍ 배명희

탬워스 컨트리 뮤직 페스티벌

백만장자, 60대 아시안 남성, 시체로 발견, 시드니 동부 부촌 포인트 파이퍼의 호화로운 저택 정원의 벤치에서, 외부의 침입 흔적 없어….

이명호는 호주에서 가장 큰 음악 축제인 탬워스 컨트리 뮤직 페스티벌에 참여하기 위하여 벤츠를 몰고 하이웨이를 달리고 있었다. 그는 아내가 좋아하던 컨트리 음악을 CD에 담아 틀어 놓으면 마치 아내가 옆에서 다정하게 기대오는 듯 느껴져 좋았다. 밖은 찌는 듯이 더운 섭씨 40도를 오르락내리락하지만 에어컨이 잘 되어 있는 차 안은 쾌적했다. 차창 밖으로 넓게 펼쳐지는 시야는 그동안 움츠

렸던 자신의 외로움을 조금은 달래 주었다. 이번의 나들이는 용기를 낸 것으로, 아내가 5년 전에 췌장암으로 죽기 전 매년 함께 다니던 탬워스 뮤직 페스티벌에서 아내의 체취를 다시 찾아보려는 것이다. 아내는 노래도 잘 불렀고 춤도 잘 추었다. 명호는 언제나 한쪽 구석에서 아내와 춤을 추는 남자를 바라보며 아내가 행복하기를 바랐었다.

명호는 드디어 탬워스 입구에 세워진 12m 높이의 황금 기타(Big Golden Guitar) 조형물을 지나 예약한 호텔에 도착했다. 간단히 짐을 풀고 축제의 절정 이벤트가 열리는 행사장을 찾은 명호가 무대와 멀지 않은 곳에 자리를 잡았을 때였다. 어떤 여자가 명호에게 다가와 속삭였다.

"저와 춤 한번 주시겠어요?"

"아니, 저는 춤을 추지 못하는데요."

"괜찮아요, 제가 리드할 테니 따라오기만 하면 돼요."

명호는 거의 끌려가듯이 그녀의 손에 붙잡혀 음악이 흐르는 무대 앞으로 빠져들었다. 그녀는 젊고 귀여워 보인다. 오랜만에 풍만한 가슴에 안기니 자신의 남성이 되살아난 듯했다. 주위에서 깔깔거리고 손뼉을 치며 응원할수록 명호의 얼굴은 상기되었고 가슴이 터질 듯 심장 박동수가 증가했다. 백인들뿐인 곳에서 혼자만 동양인인

데다 춤도 엉망이었다.

"제가 맥주 한 잔 살까요?"

명호는 맥주를 건넸다. 시시껄렁한 대화를 해 가며 그녀와 어색한 분위기를 이끌어 갔다. 명호로선 정말 얼마 만에 웃음을 담아 보는지 모른다. 주위에선 술을 마시는 관객들의 농담이 오간다. "아마 저 동양 놈, 오늘 밤 전화번호 교환할 거야. 그리고 이혼하겠지? 아니면 적어도 오늘 밤 부부싸움을 하겠지? 앞으로 어떤 일이 벌어지는지 우리는 지켜봅시다." 하며 시끄럽게 떠들어 대었다. 명호의 왼쪽 팔뚝에는 검은 매직 펜으로 'Sophie XO' 와 '♡'가 그려져 있었고, 소피의 팔뚝에도 '명호'라고 쓰여 있었다. 명호는 그날 밤 호텔에 들어오자 팔뚝에 쓰인 'Sophie XO'와 '♡'를 지우기 위해 샤워를 해야 할지, 아니면 그대로 간직해야 할지 망설였다. 아내의 그림자를 찾으러 온 자신이 젊은 소피의 가슴에 안기다니 정말 상상할 수 없었던 일이다. 오늘 하루만은 소피의 ♡를 안은 채 잠이 들어도 아내가 용서해 줄 것 같았다. 시드니로부터 5시간의 운전과 그날 밤의 흥분으로 명호는 깊은 잠에 곯아떨어졌다.

명호는 아름다운 해변에서 소피와 물장구를 치며 장난을 하고 있었다. 살짝살짝 부딪치는 소피의 하얀 피부는 잔잔했던 욕망을 끓어오르게 했고 그녀의 반쯤 드러나 보이는 젖가슴은 그의 시야를 어지럽게 하고 있었다. 그녀의 저 깊은 곳에 헤엄쳐 들어가고 싶은 초조감에 얼굴은 벌겋게 달아오르고 심장은 터질 것 같았다. 명호의 타는 듯한 입술이 그녀의 입술에 살짝 닿았을 때 그녀는 아무렇지도 않게 받아들이는 것 같았다. 그는 용기를 내어 물속에서 두 다리로 그녀를 부드럽게 안았다. 그리고 서서히 풍만한 젖무덤을 불타는 손으로 훑기 시작했다. 그녀도 허물어지듯 쓰러지며 온몸을 명호에게 맡기고 있었다. 비키니의 팬티는 벗겨져 나가고 부드러운 손가락이 성스러운 자궁의 입구를 쓰다듬었다. 굵은 남성이 서서히 맑고 깨끗한 바닷물과 함께 진입했다. 세상 속에는 그 둘만 존재하고 있었다. 거친 숨소리와 괴성을 동반한 배설에 명호는 소스라치게 놀라며 잠에서 깨어났다.

다음날 명호는 문득 아내를 잊으려 몸부림치듯 사업에만 전념했던 과거를 떠올렸다. 그때의 자신이 불쌍하게 여겨지자 자신을 혼자 두고 간 아내에게 불쑥 화가 났다. 아내와 자신 중 누구에게 문제가 있었는지는 모르나 둘 사이에는 자녀도 없었다. 명호는 팔뚝의 'Sophie XO'와 '♡'가 지워지지 않도록 비닐봉지로 싸서 조심스럽게 샤워를 끝냈다. 아침 식사를 간단하게 마치고 저마다 스타가 되기를 꿈꾸며 열창하는 컨트리 뮤직 페스티벌 장으로 발걸음을 옮겼다.

그때 이후로 명호는 바다가 한눈에 보이는 자신의 저택으로 소피를 초대하곤 했다. 그녀의 외모는 서양 얼굴이지만 명랑한 성격이나 남자를 배려하는 마음씨는 아내와 똑 닮았다. 소피도 자연스럽게 명호의 집에서는 아내같이 굴었다. 어떤 때는 30대의 젊은 소피가 60대인 자기를 상대해 주는 것이 자신의 돈 때문은 아닐까 의심이 들었지만, 명호는 소피의 사랑스러움에 푹 빠지고 있었다. 소피는 남편과 별거 중이었는데, 남편은 가학성 성격장애로 성적 흥분을 위해 소피에게 심리적, 신체적으로 고통을 주었다. 지하실에서 전 나체로 소피를 발가벗겨 놓고 가죽 채찍을 휘두르고 궁둥이를 담뱃불로 지진 적도 있다. 지하실이었으므로 창문을 부수고 도망갈 수가 없었다. 비명을 질러도 밖으로 새어 나갈 일이 없었기 때문에 남자는 맹수를 다루는 기다란 채찍을 들고 소피를 쫓았다. 가끔씩 그가 그 자신을 묶어 놓고 채찍질을 강요하기도 했다고 소피는 이야기했다.

소피는 명호가 서두르지 않고 소피의 성적 흥분을 기다려 주고 부드럽게 애무하며 존중하는 매너가 맘에 든다고 말했다. 명호는 측은한 소피를 위해 다이아몬드 반지와 진주 목걸이를 선물하였고, 이번 생일에는 스포츠카도 사 주었다. 사랑하는 소피를 위해서라면 아까울 것이 없었다. 소피가 3살 된 아들이 보고 싶어 탬워스로 돌아가고 난 뒤면 큰 저택이 전보다 더욱 적막해지며 쓸쓸해졌다. 그동안 어떻게 혼자 살았는지 이해가 되지 않았다. 이젠 아내 생각도

나지 않았다. 소피가 돌아올 때까지 초조하게 기다리다가, 소피가 돌아오면 금세 행복에 차 버리는 일상이 반복될 뿐이었다. 명호가 소피에게 아들을 데려와 함께 살면 어떻겠느냐고 넌지시 물어보았으나 소피는 아이를 데려올 수는 없다고 하였다. 자신에게 경제적 능력이 없었기 때문에 광산에서 일하고 있는 남편이 양육권을 가지게 된 것이다. 별다른 방법이 없던 터라 소피는 탬워스를 오갈 수밖에 없었고, 명호는 아쉽기야 했지만 소피와 잠시 헤어졌다가 후에 다시 만나는 행복감에 취해 지낼 수 있었다.

그러한 명호를 대체 누가 무참하게 살해한 것일까. 명호는 며칠 전 가벼운 교통사고로 오른팔이 골절되었다. 소피가 탬워스로 내려간 시기였다. 그는 정원의 벤치에 앉아 따뜻한 봄 햇살을 맞는 동안 잠이 들었다 깨었다 하였을 것이다. 명호의 목에는 졸린 듯한 흔적이 역력해 보이는 몇 줄의 로프 자국이 있었다. 그 벤치는 본관 테라스에서 5미터가량 떨어진 거리에 있었는데, 이상하게도 주변에서 범인의 흔적이 하나도 발견되지 않았다. 벤치에 앉아 있는 사람의 목을 뒤에서 가느다란 로프 같은 것으로 조르려면 벤치가 있는 곳까지 다가가지 않고선 불가능했을 텐데, 범인은 한 걸음의 발자국도, 시신의 목 근처에 어떤 지문도 남기지 않았다. 흉기도 발견되지 않은 것으로 보아 그마저 범인이 가져간 모양이었다.

옆으로 쓰러져 있던 명호의 시체를 발견한 사람은 탬워스에서 다시 명호의 저택으로 돌아온 소피였다. 명호가 벤치에 등을 기댄 채 금방이라도 쓰러질 것 같은 자세로 죽어 있어 소피는 깜짝 놀라 경찰에 신고했다. 수사관은 동거하고 있었던 소피를 가장 유력한 용의자로 보고 수사 선상에 올려놓았다. 3살의 아들을 둔 별거 중인 젊은 백인 여자가 60대의 독신인 성공한 사업가, 아시안 백만장자와 사귈 때는 무언가 경제적인 이득을 노렸을 것이라는 가정이다. 명호는 60대의 이민자이지만 별다른 지병 없이 건강했으며 겸손하고 관대한 편이라 누구와 원수로 지낼 사람이 아니라는 것이다. 하지만 소피가 범인이라고 하더라도 도대체 어떻게 해서 발자국도 하나 남기지 않고 벤치에 다가가 명호를 죽였는지 그 범행 수법을 알 도리가 없어 소피는 곧바로 석방되었다.

명호가 스스로 목을 맸을 가능성도 적다. 우선 그의 옆에는 자살에 이용된 로프가 없었으며 그가 아내를 잃은 슬픔을 어렵게 딛고 일어나 달콤한 노후를 즐기고 있을 무렵에 자살하리라고는 생각하기 어렵다. 수사는 그렇게 미궁에 빠져들어 갔다. 소피는 범인을 추측할 수 있었다. 자신에게 매질을 일삼는 남편이다. 자신에게 휘두르던 기다란 가죽 채찍을 흉기로 사용했을 것이다. 명호가 앉아 있던 벤치는 본관 테라스에서 5미터가량의 거리였으므로 남편은 그 테라스에서 명호의 목을 겨냥하고 기다란 채찍을 휘둘렀을 것이다. 채찍 끝이 흡사 뱀처럼 명호의 목을 이중, 삼중으로 둘둘 감았을 것이고, 질끈 잡아당겼을 것이다. 명호는 오른팔이 골절되어 있었기 때문에 목에 감긴 채찍을 풀지 못한 채 끝내 질식사한 것이다. 그 후 남편은 또다시 채찍을 크게 휘둘러서 목을 풀고 범행 도구를 회수했을 것이다. 이렇게 하면 벤치에 다가서지 않고도 죽일 수 있으므로 시신의 주변에 흔적이 남지 않는다.

✍ 김정인

잘 자라서 탈이네

호주 시드니는 겨울에도 영하로 내려가지 않고 사철 따뜻하고 비도 적당히 내려 주어 놀랄 정도로 수목이 쑥쑥 잘 자란다. 일년생인 우리나라의 고추나무가 이곳에서는 수확이 끝난 후 잔가지를 잘라 주면 이듬해 봄에 잎이 나고 가지를 힘차게 뻗는다. 이미 튼튼한 뿌리와 줄기가 자라나 있으므로 일찍 고추가 열리고 늦게까지 싱싱한 고추를 맛볼 수 있다. 매년 봄에 새 모종을 심지 않아도 되는 편리함이 있어서 좋다. 가을에 서리가 내리는 한국에서는 상상도 못 할 일이 이곳에서는 일어난다. 이렇듯 고추뿐만 아니라 어떤 나무든지 심어 놓으면 한국에 비하여 빨리 크게 성장한다.

그러나 식물이 잘 자라는 것이 다 좋은 것만은 아니다. 나무가 우거진 숲이 마치 고향 집같이 아늑하여 이 집을 마련했지만, 호주의 특성상 수목이 놀랄 정도로 빨리 성장하는 통에 살아가는 동안 우리 집과 이웃의 나무로 인하여 예상치 못한 어려움을 겪기도 했다. 옆집의 아름드리 플라타너스가 몇 년 간격으로 새 가지를 우리 집과 주차장 쪽으로 뻗어 내려 그 넓은 잎과 탁구공만 한 철퇴같이 생긴 열매를 쏟아부었다. 오래전에 기껏 구청의 허가를 받고 가지 하나를 잘랐더니 그 옆에 보란 듯이 또 다른 가지가 기세 좋게 자라나 우릴 두렵게 했다. 매일 주차장에 떨어진 낙엽을 쓰는 것도 여간 힘든 일이 아닌데, 지붕에 낙엽과 열매가 수북이 쌓인 걸 볼 때면 지붕으로 쉽게 올라갈 수도 없어 애가 탔다. 비가 오고 바람이 부는 날은 큰 가지가 지붕과 자동차를 덮칠까 조마조마하기도 했다.

아니나 다를까, 염려했던 일이 현실로 다가왔다. 큰 잎과 무거운 열매의 무게를 견디지 못한 큰 가지가 우리 집 지붕과 주차장을 덮쳤다. 아침 출근길에 딸의 차가 막 주차장을 벗어난 직후 그 나무가 부러졌으니 망정이지 생각만 해도 아찔했다. 남반구인 호주는 햇볕이 잘 드는 북쪽을 향하여 나무가 잘 자라는데 마침 우리 집이 그 나무의 바로 북쪽에 있었고, 넓은 주차장의 빈터가 플라타너스에겐 마음껏 뻗어 나와 춤추며 놀기 좋은 놀이터가 된 셈이었다. 집은 폭격을 맞은 전쟁터를 방불케 했다. 주인에게 대화로 또는 메일로 그 위험한 나무를 베자고 여러 번 부탁을 했으나 주인이 그 장면을 목격했는데도 묵묵부답이어서 무척 섭섭했다.

그런데 그 일이 있고 난 후 또 새로운 가지가 크게 자라나 우리를 위협하는 게 아닌가. 한 번 더 주인에게 간청했다. 이번에는 우리의 간절한 소원이 주인의 마음을 움직였는지 구청에서 조사가 나왔고 오랜 기다림 끝에 어느 날 4명의 일꾼이 왔다. 안전장치를 한 기술자가 곡예를 하듯 나무를 타고 올라가서 가지를 자르면 나머지 사람들이 일사불란하게 그것을 토막 내어 분쇄기 차에 옮겨 실었다. 그들은 서두르지 않고 안전 수칙을 잘 지키며 일하였다. 아름드리 나무가 사라지기까지는 고작 하루면 충분했다. 플라타너스는 얼마나 긴 세월 동안 그 자리를 지키며 살아왔을까? 나의 소원이 드디어 이루어져 앓던 이가 빠진 듯 시원했으나 한편 나무에게 못 할 짓을 한 것 같아 미안했다. 빈터가 쓸쓸해 보여 코스모스 씨를 뿌렸더니 아름다운 꽃밭이 되었고 상추를 심었더니 손바닥보다 더 큰 잎을 내어 주어 이웃과 넉넉히 나누어 먹었다. 그동안 나무가 떨구어 준 많은 잎이 좋은 퇴비로 인간에게 돌아왔다.

그 플라타너스 외에도 우리 집 수영장 가까이에는 침엽수 한 그루가 수영장으로 기울어져 자라고 있었다. 오래전 4그루가 있었는데 3그루는 어려서부터 비스듬히 자라기에 내가 싹둑싹둑 잘라 버렸고 곧게 자란 한 그루를 남겨 두었더니 기어이 말썽이었다. 그 침엽수 한 그루와 집 쪽으로 뻗어 나온 수양버들 큰 가지를 자르자고 구청 허가를 신청해 놓았다. 그러나 함흥차사였다. 빨리빨리에 익숙한 한국인은 느린 행정에 답답하여 숨이 목에 찰 지경이다. 호주에서 살아가려면 느리게 살아야 하고 그러려면 느긋하게 기다리는 훈련부터 받아야 할 것 같다. 6개월의 기다림 끝에 침엽수를 잘라도 좋다는 허락이 떨어졌다. 그러나 수양버들은 지름 10센티 미만의 잔가지 몇 개만 잘라야 한다는 제한이 따라붙었다. 수양버들 큰 가지가 비 오고 바람 부는 날 우리 집을 덮치면 어쩌라고 그런 건지. 우리 집 나무라도 우리 마음대로 자를 수 없으니 실로 난감했다.

침엽수 한 그루를 잘랐으니 그 대신 다른 나무 한 그루를 심어야 했다. 우리는 그 후 여러 종류의 과일나무를 심었으므로 안심하고 있었는데, 그게 아니었다. 정부가 지정해 준 100여 개의 품종 중에서 골라서 심어야 한다고 했다. 모두 정부가 보존하고자 하는 '토종나무'였고 크기도 어른 키보다 더 큰, 75리터 이상의 흙 주머니에 심어진 것이었다. 나무 구입비, 구청 허가비, 나무 자르는 비용 모두 합하면 비용이 만만치 않았다. 이럴 줄 알았더라면 침엽수 한 그루도 남겨 두지 말고 그때 싹 다 자를 걸 후회가 되었다. 비스듬히 누워 자라는 놈이 어찌 그리 잘 자라는지. 되도록 나무는 자르지 말고 더불어 살라 하는 정부 방침인 듯했다. 남편이 자기 키보다 더 큰 나무 옆에서 사진을 찍어 구청으로 보냈더니 잘 키우라는 답장이 왔다. 느리지만 철저하고 정확하게 일하는 호주의 문화에 놀라기도

하고 감동도 받았다.

호주에는 대표적 재래종인 유칼립투스 일명 '검트리'라 불리는 나무가 있다. 코알라가 그 잎을 먹고 살 뿐 아니라 나무가 아주 단단하여 목재로도 쓰인다. 학교 교정에 있던 이 나무의 가지가 떨어져 어린이가 사망했는데도 그 나무는 여전히 보호받고 있어서 한때 학부모 사이에 떠들썩한 적이 있었다. 생명이 우선인지 나무가 우선인지 잘 모르겠다. 우리 집에도 검트리가 한 그루 있는데 얼추 50미터 이상 커 보인다. 주택가인 우리 집 주변을 산책할 때도 한두 그루의 검트리는 쉽게 볼 수 있다. 보호수이므로 집을 지을 때도 함부로 자를 수 없으니 집 가까이 두고 살아가야 할 것이다. 그 위험한 큰 나무는 좀 베고 집을 짓도록 허가해 주면 오죽 좋겠는가. 이건 순전히 한국적인 사고에서 벗어나지 못하고 있는 나만의 생각인가? 호주에 살면서 한국적인 사고를 하고 있으니 때로는 나 스스로도 좀 피곤하다. 그러나 많은 호주인은 어려서부터 이런 환경에서 살아와서인지 우람한 검트리가 집 가까이에 있어도 별로 개의치 않고 걱정 없이 편안하게 살아가고 있는 것 같다.

그 후 산책길에 플라타너스를 종종 보게 되는데 넉넉한 푸른 잎이 여름에는 시원한 그늘을, 가을에는 아름다운 단풍을 선사한다. 영하의 추위가 없는 시드니는 단풍을 보기가 쉽지 않은데 가을을 제일 먼저 알려 주는 나무가 바로 이 플라타너스이다. 고국의 아름다운 단풍을 눈에 그려 보며 아쉬운 대로 그 나무 아래에서 낙엽도 밟아 보며 가을의 낭만을 즐긴다. 그 플라타너스가 길가에서 자라는 것은 좋은데 우리 집 가까이 있는 것은 싫으니 이런 모순이 어디 있겠는가.

나무 자르는 어려운 경험을 통하여 비록 힘은 들었으나 느리지만 철저하고 정확하게 일을 처리하는 호주인의 정신을 배웠고 또한 호주 정부의 자연을 보호하려는 정책 덕분에 청정한 환경에서 건강하게 살 수 있어 감사할 뿐이다. 오늘도 여전히 맑은 공기를 마음껏 들이켜며 심호흡을 하고 행복을 누리며 살고 있다.

✍ 배명희

달리는 쇼핑센터

우리 부부가 인디언 퍼시픽 열차(Indian Pacific Train)를 탄 지 올해로 10여 년 되는 해이다. 그때 우리가 거주하는 시드니를 벗어나고 싶어 퍼스까지 비행한 후 퍼스를 관광했다. 퍼스는 서호주의 주도이며 서쪽 끝의 유일한 대도시로 부드러운 모래사장과 경치 좋은 레스토랑, 전시된 거리의 예술 등이 압권인 도시였다. 퍼스 관광 후 시드니로 돌아오는 노선으로는 비행기 대신 인디언 퍼시픽 열차에 탑승하기로 했다. 1970년 운행을 시작한 774미터의 이 열차는 4,352킬로미터의 광야를 오늘도 달리고 있다

'인디언 퍼시픽'이라는 이름은 퍼스에서 시드니까지, 즉 인도양과 태평양을 연결하는 열차라는 뜻이다. 러시아의 모스크바와 블라디

보스토크를 잇는 시베리아 횡단 철도 다음으로 두 번째로 긴 열차 구간이다. 호주의 대륙을 횡단해 보고 싶었고 세계에서 가장 긴 직선도로가 있는 널라버(Nullarbor) 사막을 달려 보고 싶었다. 인도 태평양 열차 여행은 미국 관광객이 가장 선호하는 여행 중의 하나라고 한다.

대륙횡단을 여러 번 할 수 있는 것도 아닌 것 같아 우리는 몇 차례 고민 끝에 가장 비싼 플래티넘 서비스를 택했다. 인디언 퍼시픽의 객차는 레드, 골드, 플래티넘 서비스로 나뉜다. 플래티넘 서비스를 선택한 사람은 우리 부부와 두 명의 자녀를 둔 다른 한 가족뿐이었다. 욕실 딸린 침대칸은 와인과 초콜릿까지 준비되어 있었으며 정갈한 서비스가 더해져 럭셔리 기차의 면모를 갖추고 있었다. 비록 좁기는 하지만 마치 호텔에 와 있는 것 같은 기분으로 우리의 열차 여행이 시작되었다. 식당칸은 고급 레스토랑 수준이었으며 골드 서비스 여행객들과 함께했다. 그중 퍼스에 본부를 둔 일본 탄광회사의 지사장과 대화를 나누게 되었는데 플래티넘 침대는 어떻게 생겼느냐며 우리 방을 보고 싶다고 하여 웃으면서 보여 주기도 했다.

첫 번째 정차역은 금광촌 캘굴리(Kalgoorlie)였다. 사막의 오아시스로 불리는 그 부촌은 빨간 흙먼지가 휘날렸다. 그래도 호주에서 두 번째로 엄청난 금을 생산하는 부촌이려니! 버스를 타고 광부들이 입는 형광조끼를 입은 채 2시간 반 동안 노천 금광을 견학했다.

마을로 들어갔더니 캘굴리 호텔을 비롯하여 중국 레스토랑, 온갖 유명한 명품 브랜드 샵이 줄을 이었다. 금광촌이라 부자임을 뽐내는 풍경이었다. 유명하다는 펍에서 맥주 한 잔을 마시고 기차역으로 향하는 발걸음은 가뿐하였다.

다음 목표인 롤리나(Rawlinna)역은 크리스마스 이벤트를 진행할 때만 정차하는 역이란다. 산타를 태운 열차가 롤리나 지역에 거주하는 원주민을 위해 위문공연을 해 준다고 한다. 호주에서 가장 큰 양 목장이 있다. 롤리나 역을 지나 드디어 내가 가 보고 싶었던 676킬로미터 길이의 널라버 평원을 통과하게 되었다. 놀랍게도 널라버는 호주 원주민 애버리지니의 언어가 아니라 라틴어로 '나무가 없다'라는 뜻이다. 서호주와 남호주의 경계를 가로지르는 이 석회암 지대에는 이름처럼 나무가 거의 없는 건조하고 편평한 평원이 펼쳐진다.

널라버 평원은 사막 지역이라 하여 새하얀 모래사막을 상상했으나 토지의 색깔은 갈색이었다. 그전에 창문 너머 보이던 검푸른 빛의 나무들은 점점 사라지고 키 작은 덤불이 메마른 갈색 사막을 덮고 있었다. 그럼에도 오직 신선한 공기를 호흡할 수 있는 대자연을 보며 지루하기보다는 오히려 경외감을 느꼈다.

널라버 평원 내에는 478킬로미터에 이르는 세계에서 가장 긴 직선 철도가 있다. 곧게 뻗은 직선의 기찻길 위에서 멀리 보이는 낙타나 캥거루 무리를 보며 호주 대륙의 진정한 아웃백* 풍경을 원 없이 만끽할 수 있었다. 저녁 식사로는 웃기게도 금방 만나 보았던 아웃백의 동물인 캥거루, 에뮤**, 악어 고기로 요리된 메뉴가 나왔다. 그 요리 중 한 가지를 선택하는데 좀 망설였지만 어쩌랴. 이걸 거부하면 아웃백에서 굶어야 하는데 말이다. 천천히 음식을 먹으며 점차 아웃백에 익숙해지는 자신을 발견했다.

인디언 퍼시픽 열차 여행을 택한 이유는 1990년 호주로 이민을 왔을 당시 들었던 영어 수업(Arrival English Class)에서 널라버 평원을 달리는 521호 열차에 대해 알게 되었기 때문이다. 역시 대륙이라 별 열차가 다 있구나 싶었다. 521호 열차는 오스트레일리아의 남호주 포트오거스타(Port Augusta)로부터 서호주의 캘굴리까지 운행되는 기차였다. 이 기차는 1915년 호주의 대륙횡단 철도(Trans-Australian Railway) 건설을 위하여 사막에서 철도 공사를 하는 정착자들의 가족에게 서비스를 제공하기 위한 기차로 시작되었다. 이 기차의 고객들은 1,692킬로미터의 철도 노선을 따라 펴져 있는 50여 개의 크고 작은 정착지에 살고 있었으며, 각 마을에는 보통 6가구, 몇 개의 큰 마을이라 하더라도 겨우 20가구 정도였다.

521호 열차는 애칭으로 '차와 설탕의 열차(Tea and Sugar Train)'라고 불렸는데, 이 열차로 밀가루, 차, 설탕 등을 운반한 데서 기원한다. 차와 설탕의 열차는 이 외지고 건조한 지역으로 들어갈 수 있는 유일한 교통수단이었다. 오늘날 슈퍼마켓이나 쇼핑센터에서 살 수 있는 모든 상품과 서비스를 널라버 평원의 작고 외로운 마을에 제공해 준 일등 공신이었다.

길이가 500미터나 되는 차와 설탕의 열차는 강력한 디젤 기관으로 운행되었다. 동쪽에서 서쪽으로 달리는 데는 6일이 걸렸다. 열차는 널라버 평원에 있는 모든 마을에 물을 공급해 주었기 때문에 커다란 물탱크를 갖추고 있었다. 우체국, 도서관, 은행까지도 구비하고 있어 사실상 열차는 라디오 외에는 도로, 비행기, 텔레비전도 없이 사는 널라버 평원의 주민들에게 널라버 사막 너머의 세상과 연결할 수 있는 유일한 기회를 마련한 것이기도 했다.

철도 정비기술자는 널라버 평원의 사막을 통과하는 열차들이 안전하게 통과할 수 있도록 전신, 전화를 수리했으며 산불, 홍수로 인해 손상되거나 낡은 철도를 수리하였다. 어떻게 사막에도 홍수가 있을지 의아해하는 사람도 있을 것이다. 그러나 대륙이라 그런 날씨가 있다. 때때로 갑작스러운 폭풍우가 한 지역에 일 년 치의 강우량(120밀리미터)으로 몰아쳐 순식간에 철도를 휩쓸어 간다. 이 덕분에 아웃백에도 식물이 존재하는 것이다. 자연의 섭리가 아닐지….

차와 설탕의 열차에는 기관사들을 포함하여 34명 이상의 직원들이 일하였으며 운행 기간 내내 기차에서 내리지 않고 일하는 사람들도 있었다. 특별한 물건이 필요한 주민들은 보통 일주일 전에 주문을 했다. 영화 기사는 영화를 마을마다 보여 주는 데 기차를 이용하거나 때로는 영화의 필름을 두고 감으로써 다음 기차 편에 가져가기도 했다. 목사와 의사, 간호사는 운행 때마다 승차하지는 않고 필요시마다, 주일에 한 번 혹은 한 달에 한 번만 승차하였다. 그들은 수술실과 같은 시설을 갖추고 있었으며 급한 환자의 경우 플라잉 닥터(Flying Doctor: 호주의 헬리콥터 응급의사)로부터 치료를 받을 수 있게 해 주었다.

521호 열차는 제1차 세계대전 당시 널라버 평원에 정착했던 주민들에게 그들이 원했던 우편물, 잡지, 책, 사탕, 초콜릿, 담배 등 모든 것을 가져다주었다. 그들이 이 열차를 '차와 설탕의 열차'라고 불렀다는 것은 이 열차가 그들의 삶에 있어서 얼마나 중요한 역할을 하였는지에 대해 의심할 여지가 없는 것이다.

포트오거스타와 캘굴리를 연결하는 대륙횡단 철도건설이 5년에 걸쳐 1917년에 완성되어 시드니와 퍼스 사이의 대륙횡단 철도 여행이 가능하게 되었다. 521호 열차가 인디언 퍼시픽 열차로 재탄생함으로써 소위 차와 설탕의 열차는 1996년을 마지막으로 더 달리지 않는다. 열차에 딸린 쇼핑 칸 중의 몇 개는 애들레이드의 국립철도 박물관(National Rail Museum)에 보존되어 있다. 이렇게 호주 최대의 교통망을 구축한 대륙횡단 철도의 시작이었던 521호 열차, 차와 설탕의 열차로 불렸던, '달리는 쇼핑센터' 열차는 80여 년의 성과와 낭만을 가지고 역사의 뒤안길로 사라지게 되었다.

사막을 횡단하는 철도를 달리며 과거의 '차와 설탕의 열차'에 탄 듯한 착각 속에 어느덧 나를 태운 열차가 제법 대도시 역에 다가오는 모양이다. 창가를 통해 끝없이 펼쳐지는 갈색 평원을 아쉬운 마음으로 바라본다. 인간이 살 수 없는 사막 지역에서 철도 건설을 위해 수고했던 정착자들의 가족과 '차와 설탕의 열차'를 운행했던 모든 분께 감사한 생각이 든다. 그들의 노고 덕분으로 현재 편안하게 호주의 아웃백을 여행할 수 있게 된 것이다.

드디어 애들레이드에 도착하니 비가 많이 와서 철도가 끊어져 있었다. 브로큰힐, 블루마운틴을 거쳐 시드니로 가는 여정은 포기해야 했다. 대신 비행기 티켓을 철도 측에서 마련해 주어 시드니로 돌아오긴 했지만 아쉬운 마음은 어쩔 수 없었다. 호주에서 가장 오래된 광산도시인 브로큰힐을 관광하지 못해 더욱 그랬다. 설상가상으로 애들레이드 공항에서 지갑도 잃어버렸다. 하늘도 말리는데 할 수 없구나.

✍ 김정인

* 아웃백: 호주의 외지고 사람이 살지 않는 내륙지역

** 에뮤: 호주의 특산종으로 몸집이 크고 빠르게 달리지만 날지 못한다. 호주의 문장에 이 에뮤와 캥거루가 그려져 있다. 두 동물 다 근육 구조상 뒤로 가지 못하고 앞으로만 전진할 수 있다는 점에서 의미가 있어 호주의 상징적 동물로 선택되었다.

2. 호주 적응기

나의 호주살이

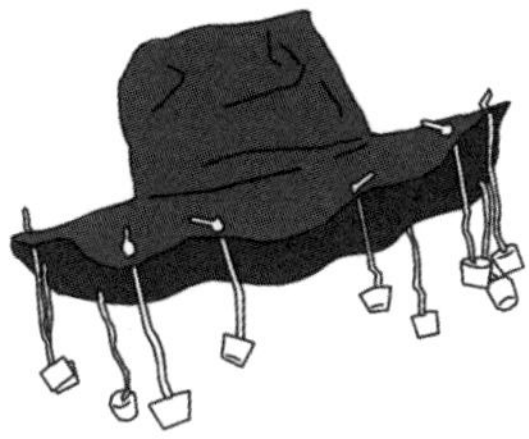

남편이 호주로 발령이 나서 캔버라에 있는 호주 관세청에서 3년 동안 파견 근무하게 되었다. 그 당시에는 서울과 시드니 간에 직행 비행기가 없었다. 우리 가족은 홍콩을 거쳐 시드니로 그리고 캔버라에 도착하려고 계획하였다. 그런데 호주 관세청에서 연락이 오기를 일주일간 시드니에서 관광하고 캔버라로 오라고 하는 것이었다. 정말 그래도 되는가? 하고 생각했지만, 호주는 럭키 컨트리(Lucky Country)라고 하지 않던가? 마침 먼저 이민 와 있던 친구의 배려로 일주일 동안 시드니 관광을 마치고 캔버라 공항에 도착하게 되었다.

캔버라 공항에 도착하니 꽃다발과 함께 여러 명의 호주 관세청 직원들이 공항에 나와 환영해 주며 우리를 호텔로 안내해 주었다. 그러고는 살 집을 구하고, 자동차를 사고, 여섯 살과 여덟 살의 딸 두 명을 학교에 입학시킨 후에 출근하라는 것이었다.

셋집을 마련하는 걸 도와주려 관세청 고위 국장이 아침 9시에 우리가 묵고 있는 호텔에 오기로 했다. 부동산 중개인과 연락하여 여러 채의 집을 보여 주기 위함이었다. 그러던 중 국장이 9시 전에 일찍 호텔에 도착해서도 우리의 방을 노크하지 않고 복도에서 기다리고 있었다는 걸 우연히 알게 되었다. 왜 들어오시지 않고 밖에서 기다리느냐고 질문하였더니 약속 시간 전에 방해하고 싶지 않다는 것이었다. 이 사람들의 사소한 예의가 인상적이었다. 자동차 구입은 자동차에 대해 전문가 수준인 직원의 도움을 받았고 메디케어(의료카드) 신청, 두 딸의 초등학교 입학 등이 모두 완료된 후에야 남편은 기다리고 기다리던 호주 관세청으로 출근하기 시작했다. 가화만사성이라는 말이 서양 국가에서 더욱 실천되고 있다는 느낌을 받았다.

호주의 주택에서 살아 보니 한국과 조금 다른 점이 있다는 것을 알게 되었다. 우선 전깃불을 켜고자 할 때 스위치를 올리는 것이 아니라 내리는 것이다. 간단한 것이었지만 이것이 익숙하게 되기까지는 꽤 시간이 걸렸다. 지금까지도 가끔 혼동한다. 집세도 일주일의 금액으로 계산하여 한 달 치를 지불하였다. 호주에는 전세제도가 없다.

호주 집의 창문 대부분에는 방충망이 없었는데, 웬 파리가 그렇게 큰지 더운 여름날 창문을 열고 음식을 했더니 왕파리들이 모두 방으로 날아 들어와 어떻게 해야 하나 걱정했다. 그런데 그다음 날 보니 모든 파리가 다 자살해 버린 것이 아닌가? 한국의 작은 파리처럼 파리채가 아니면 잡을 수 없는 그런 똘똘한 종자는 아닌 것 같았다. 파리가 얼굴에 붙으면 흔들어서 쫓을 수 있게 모자챙에 짧은 줄들을 여러 개 연결해서 그 끝에 코르크를 매달아 놓은 호주만의 모자, 코르크 전통모자(Cork Hat)가 있다는 것을 그 후에 알게 되었다.

차를 운전할 때도 자동차의 운전석이 오른쪽에 있어 왼쪽 차선으로 달려야 하므로 한국에서 익숙했던 운전 습관으로는 정신을 똑바로 차리지 않으면 정면충돌할 수 있다. 처음에 운전할 때 무척 조심하였다. 이제는 거꾸로 왼쪽 차선에 익숙해져 한국을 방문할 때는 무서워서 절대로 운전하지 못한다.

하루는 쇼핑몰에 가서 구두를 사려고 상점에 들어갔다. 퇴근 시간이 가까워서인지 웃으며 "See you later(다음에 다시 봐요)"라고 말하는 것이 아닌가? 어떻게 해서든지 구두를 팔 생각은 하지 않고 다음 날 다시 오라는 것이었다. 조금 당황했다.

남편 직장 동료의 집에 초청받아 한국요리 한 가지를 준비하여 참석하였다. 설거지할 때 세제를 풀은 물에 식기를 한번 담갔다 뺀 후 맑은 물로 더 이상 헹구지 않고 그냥 마른행주로 닦아 내는 것이 아닌가. 그 그릇에 음식을 다시 담아 먹을 때는 비눗물을 먹을 수 있다고 생각하니 조금 께름칙했다. 처음 만난 사람과의 대화에서도 아직 친해지지도 않았는데 자기는 현재 남편의 둘째 부인이라고 스스럼없이 말해서 신기하기도 했던 기억이 난다.

우리 집에서 직장 동료들을 위한 가든파티를 연 적이 있다. 한식을 소개하는 기회였으므로 최선을 다했다. 드링크는 비와이오(BYO)*로 하라고 조언받았다. 파티 당일 모두가 엄청나게 많은 맥주와 와인을 들고 나타났다. 나는 속으로 저렇게 많은 드링크를 가져왔으니 파티가 끝난 후 적지 않게 남을 것이라고 예상했다. 그러나 놀랍게도 한 병도 남지 않았다. 자기가 가져온 맥주와 와인은 모두 마시고 간 것이다.

하루는 남편이 직장 동료의 생일파티에 초대받았다고 좋아했다. 레스토랑에서 하는 파티였다. 생일 선물도 준비하고 맛있는 음식도 먹고 〈생일 축하합니다〉 노래도 부르며 즐거웠다. 헤어질 때가 되자 각자 음식값을 지불하라고 한다. 그러면서 자신의 생일에 "참석해 주어서 고맙다"고 말하는 것이 아닌가? 더치페이(Dutch Pay)가 내가 살아왔던 곳의 풍경과는 사뭇 달랐다.

호주 관세청장을 위시하여 각 지역 세관장 회의가 호주의 남쪽 섬 호바트에서 열렸다. 남편도 한국에서 세관장을 역임하였으므로 초대되었다. 회의가 끝나고 저녁 만찬을 고급 레스토랑에서 하게 되었는데, 호바트 관세청장이 호스트가 되어 음식 제공을 하는 것으로 생각하였다. 그런데 나중에 알고 보니 각자 돈을 내는 것이었다. 사실로 말하면 출장비가 지급되었으니 당연한 것이었지만 왠지 익숙하지 않았다. 이처럼 철두철미하니 비리가 자리 잡을 수 없는 나라가 된 듯했다.

두 딸의 피아노 콘서트가 토요일에 ANU 음악대학 강당에서 열렸다. 그런데 제복을 입고 좌석을 안내하는 분이 관세청 고위직의 국장이 아니던가? 얼마나 놀랐던지…. 사연은 이러했다. 매 주말을 집에서 놀면 뭐 하나 싶어 격주에 한 번 아르바이트해서 대학생 딸의 휴가 비용을 보태 주고 있는 거였다. 딸에 대한 아버지의 애정을 엿볼 수 있었다. 일에 귀천이 없고 권위 의식이 없는 호주 사회의 생활 태도에 뭔가 망치로 두들겨 맞은 것 같은 기분이 들었다. 그는 우리가 이민을 결정할 때 "직장이란 목적이 아니라 가족의 행복을 위한 수단"이라고 조언해 주었다. 출세보다 가정이 중요하다는 그의 말은 우리가 한국의 좋은 직장을 포기하고 이민을 결정할 수 있었던 원동력이 되었다.

두 딸의 학교 선생님과의 학부모 면접이 있었다. 학부모의 치맛바람을 생각하고 무엇을 입고 갈까 하고 걱정이 앞섰다. 나름대로 차려 입고 갔는데, 다른 학부모들도 모두 수수하게 입고 와서 마음이 편했다. 선생님도 아주 친절했고 영어를 못 하는 나의 딸을 위해 어디서 구했는지 모를 영한사전을 가지고 학습을 도와주고 있다는 걸 알고 깜짝 놀랐다. 훌륭한 선생님의 모습에 깊은 감동을 받았다.

두 딸이 학교에서 외모가 서양 아이들과 다름에도 불구하고, '눈이 왜 그렇게 작으냐?' 하는 등의 놀림을 받지 않고 학교에 잘 다닐 수 있었던 것에 감사한다. 딸들이 성장해서 대학교에 다닐 때도 한 번도 성형수술을 하고 싶다는 말을 들어본 적이 없다. 요즘 갈수록 외모지상주의인 것을 생각하면 얼마나 다행인지 모른다.

호주에서는 상대방의 외모에 대해서 언급하지 않는 문화가 있다. 생긴 외모는 어쩔 수 없고 본인이 노력해서 얻을 수 있는 것도 아니라는 개념 때문인 것으로 나 나름대로 생각해 본다. 못생겼다는 말을 자주 들으면 누구나 열등감이 생긴다. 남의 외모에 대해서 함부로 이야기하여 평생 지울 수 없는 상처를 안겨 주는 문화가 아님에 얼마나 감사한지 모르겠다. 자신의 체형에 신경 쓰지 않고 아무리 엉덩이가 뚱뚱해도 스키니진, 다리가 굵어도 미니스커트 등 자기가 입고 싶은 대로 입는다. 그런대로 멋지고 당당하다. 남에게 보여 주기 위한 멋진 집, 고급 자동차, 명품 가방을 갖기 위해서가 아니라 값싼 가방을 들고 판잣집에 살아도 본인만 행복하면 된다는 삶의 방식이 너무도 편하고 좋아 보였다.

✍ 김정인

* 비와이오(BYO): 각자 마실 술을 지참하여 참석하는 것을 말한다(Bring Your Own Alcohol).

코비드 그리고 배롱나무

온 세계가 코비드라는 기상천외한 사태로 흉흉했고 우리의 앞날은 예측할 수 없이 불안했다. 그 불안감은 부모님과 함께 온 가족이 티브이 앞에서 비상사태 선언을 듣던 지난날들을 연상시켰다. 지나고 나면 그런 일도 그리움이 될 수 있는지 밀려오는 그리움의 물결 앞에 나는 눈을 감았다. 중학교 등굣길에 버스 창을 통해 중앙청 앞에 군대가 진을 친 현장을 목격했던 일이 정말 있었던 일이었던가. 학교에서 수업도 다 마치기 전에 위험하니 빨리 집으로 돌아가라고 했던 그 날이 과연 5·16 군사 정변이 일어났던 날이었던가.

비상사태는 가족과 이웃들을 더 가깝게 결속시켜 준다. 당시 남편과는 많은 대화를 나누게 되면서 더욱 가까워졌다. 또 그 시절 매일

화면에서 만나 정이 든 사람이 있었는데, 우리 주 정부의 수상인 글래디스 베레지클리안이었다. 매일 저녁 주민들은 티브이 앞에서 그녀의 기자회견 시간을 기다렸다가 빠짐없이 시청했다. 기자회견을 하는 곳은 그녀를 밀어내듯이 항상 바람이 불어 댔다. 그런데도 옷깃을 여미고 흩날리는 머리를 쓰다듬으며 하나하나 차근차근 설명해 주던 그녀가 그 당시 우리에게는 제일 큰 인기 스타였다. 3개월 이상 그녀는 격리된 우리를 매일 만나 주고 세상 소식을 알려 주었다. 예방주사를 맞고 마스크를 쓰고 거리 두기만 잘하면 걱정 없다고 우리를 안심시키려 했지만, 매일매일 확진자 수는 늘어만 갔다. 그러나 내가 기억하는 사망자의 수는 한 자릿수 정도여서 하루에 수천 명씩 죽어 나가던 미국과는 많이 비교되는 상황이었다.

알베르 카뮈가 1947년에 발표한 소설 『페스트』가 떠올랐던 건 당연했다. 2021년도 코비드가 기승을 부리던 시드니에서도 똑같은 일이 일어났다. 마침 격리 기간 중에 그 소설을 손에 쥐게 되었다. 평상시에 읽었으면 지루했을 수도 있는 그 소설을 우리 현실과 똑같은데 하고 감탄하며 단숨에 읽었다. 시대와 장소가 달라도 사람 사는 모습은 어찌도 그리 똑같은지.

사태가 더 나빠지자 정부에서는 환자 발생이 많은 지역을 특별관리 구역으로 정해서 그 지역 주민의 이동에 대한 규제를 강화했다. 어김없이 시드니에서도 변두리 이민자가 많은 지역이 해당 구역으로 규제 강화의 대상이 되었다. 각 산업 분야의 일선에서 일하는 그들이 자유롭게 일자리를 오가지 못하자 온 도시의 업무가 제대로 돌아가지 못하는 사태가 생겼다. 규제 대상은 처음에는 서너 개의 카운슬(구) 지역이었다가 열두 개로 지역이 늘어났는데 운 나쁘게 내가 사는 지역도 들어가게 되었다. 해당된 지역 사람들은 자신들을 2등 시민 취급한다고 불평했지만 워낙 분위기가 삼엄한지라 데모 한 번 못 해 보고 우리는 그 규정을 지킬 수밖에 없었다. 무엇보다도 불편한 건 집 밖에 나갈 때 우리 구역 사람들은 반드시 마스크를 써야 한다는 것이었다. 주로 산책을 위해서 집을 나갔는데 그때도 우리는 마스크를 써야 했다. 집 앞의 정원에 물을 줄 때도 마스크를 써야 하는가? 하는 웃기지도 않은 문제에조차 우리는 해답을 몰라서 전전긍긍했다. 어기면 벌금을 물린다고 해서인지 산책길에도 모두 마스크를 썼고, 마주치는 것도 두려워 앞에서 누가 오면 서로 피해서 빙 둘러 가곤 했다.

나날이 새로운 규정이 발표되었는데 이번에는 모두가 집에서 5km 내에서만 활동할 수 있다는 것이었다. 시드니의 유일한 피붙이인 딸네 사는 곳은 5km 이상 떨어져서 한동안 서로 왕래도 못 하고 살았다. 노인들은 이럴 때 더 걱정이 많아진다. 죽음이 닥쳐도 자식들을 만날 수 없단 말인가? 팬데믹이 끝나고 많은 노인이 자식이 사는 도시로 이주하는 걸 보았다. 직장 때문에 자식이 옮기기 힘드니 노인들이 정든 삶의 자리를 떠나서 낯선 곳으로 갈 수밖에. 독신인 내 친구 미간처럼 혼자 사는 사람들이 외로움을 호소하고 우울증에 빠졌다. 그래서 정부는 독신자에 한해서 친구든 가족이든 오직 한 사람의 방문을 허용했다. 그리고 그 방문자는 사전에 등록된 사람이어야 했다.

팬데믹과 록다운으로 사람들의 일과가 달라졌다. 바쁘게 살던 사람들이 갑자기 할 일을 잃었고 집 밖에서 허용된 일이 동네를 산책하는 일 정도였다. 우리 집을 나서서 조금 걸어가면 오른쪽은 인가이고 왼쪽은 숲으로 이어지는 길이 나온다. 그 길 끝에는 나무다리가 있고 거길 건너면 다른 동네로 이어진다. 산책하기 좋은 길이지만 사람들이 다니지 않는 외진 길이라서 혼자 다니지 못했다. 그런데 팬데믹 이후로 많은 이들이 왕래하는 인기 있는 산책로가 되었다. 덕분에 매일 졸졸 흐르는 물길을 보며 그 다리를 건너다니는 게 일상이 되었다. 다리 너머는 특별 관리 구역이 아닌 다른 카운슬 소속이라서 마스크를 쓰고 그 다리를 건너가면서 괜히 눈치가 보였다. 코비드 때문에 우리는 같은 도시에 살면서도 사는 지역에 따라 차별받는 것 같은 기분이 들었다.

다리를 건너 조금 가면 아이들 놀이터가 나온다. 딸이 잠깐 우리 집에 살 때 손자를 데리고 자주 갔던, 이제는 인적없는 놀이터에 앉아서 만날 수 없는 손자를 그리워했다. 그곳에는 내가 좋아하는 나무도 줄지어 늘어서 있었다. 백일 동안 꽃이 피어 백일홍이라고도 불리는 배롱나무에는 진분홍 꽃도 연분홍 꽃도 피어 있어서 봄이면 진분홍 꽃으로 뒤덮이던 한국의 산야를 생각나게 했다.

향수가 마음 깊이 쌓인 나머지 한국의 산천을 생각나게 하는 배롱나무가 전에 없이 눈에 들어오는 듯하다. 코비드 팬데믹 덕분에 나는 다리 너머 고향 같은 곳을 매일 갈 수 있었다. 배롱나무는 가족이나 친구 대신 백일이나 꽃을 피워 대며 외로움에 사무치던 나를 반기며 위로해 주었다.

✍ 양혜자

키스 앤 라이드

한동안 코비드로 인해 시드니 전역을 달리던 기차*는 텅 빈 채 홀로 운행되었다. 〈키스 앤 라이드(KISS&RIDE)〉 구역조차 기차 여행자는 물론 쥐 새끼 한 마리 없이 한산했다. 기차가 선녀 잃은 나무꾼처럼 처량하게 떠나니 인적이 끊긴 역 부근은 한바탕 핵전쟁이 쓸고 간 폐허 같았다. 그야말로 사상 초유의 록다운 현장이었다. 호주에 와서 맨 먼저 본 표지판이 바로 〈키스 앤 라이드〉였기에 나는 더 슬프고 마음이 착잡했다. 그것은 기차 승객 환송 지역이나 학교 부근의 승하차 구역에 묵묵히 선 채 즐거움을 선물해 주는 조그마한 표지판이다. 심지어는 학교 옆을 달리는 번화한 도로상에까지 그런 구역을 만들어 놓고 예쁜 팻말을 붙여 놓다니! 누군가의 작은 배려가 사람들 마음을 훈훈하게 만들고 있었다.

기차를 타며 제일 기분 좋은 일은 그 구역에서 나를 전송하고 때로는 기다려 주는 사람이 있다는 즐거움이었다. 시드니 외곽에 사는 나로서는 역에 차를 세워 두고 먼 시드니까지 홀로 기차여행을 하고 돌아와야 했다. 그러나 지금은 갈 때도 좋지만 돌아오는 시간이 더욱 큰 기쁨이었다. 차를 가지고 나를 기다려 주는 사람을 만나러 그 구역으로 걸어가는 발걸음은 경쾌하고 편안하다. 언젠가는 그에게 물어봐야겠다. 그 기다림이 좋으냐고 말이다. 그런데 웬걸 코비드가 쓸고 간 그 구역은 여행자들의 발길이 끊겼고 그곳에서 키스라도 하면 경찰에게 필시 잡혀 갈 것만 같은 두려움이 엄습했다. 보통 때는 그 팻말을 보며 싱긋 웃으면 마음이 훈훈해졌다. '키스해 줘, 태워 줄게'라던가, '타기 전에 키스해 줘' 아니면, '키스하고 내리기'. 나는 나름대로 이런저런 해석을 하다 흐뭇해져 혼자 방긋거리기도 했다. 개인적인 견해일지도 모르지만, 키스라는 단어는 성적이면서도 묘하게 순결하고도 정겨운 느낌을 준다. 셰익스피어는 키스를 "사랑의 도장"이라 했고, 어니언스의 노래 〈사랑의 진실〉을 들으면 사랑의 진실 "파파파파"가 "뽀뽀뽀뽀"로 들리니 재미있고 즐거운 발상이다. 역시 사랑의 진실은 뽀뽀가 아닐까?

한국에서는 키스와 뽀뽀라는 단어를 엄격히 분리한 유튜브나 드라마의 예가 많이 있다. 영어로 키스라는 단어의 뜻은 "부모, 친구간의 애정을 표현하는 행위로 손등이나 이마, 뺨에 입을 맞추는 일이나 연인 간의 입맞춤"이라고 사전에 나온다. 아득한 조선시대에도 키스란 남녀 간의 애정 표현으로 입을 맞추는 것, 접문(接吻) 혹은 합구(合口)라는 단어가 있었으니 키스의 역사는 동서양을 막론하고 꽤 묵은 역사를 가진 단어인 듯하다. 한국에서 함께 활동하던 프랑스나 북구 등 유럽 친구의 남편들은 유난히 내 양 볼에 쪽쪽 하는 소리가 날 정도로 뽀뽀를 해 댔다. 그게 그렇게 싫지는 않았고 나도 제법 괜찮은 여자인가 싶어 의기양양했던 철부지 몽상가 시절도 있었다. 그 친구들과 한참을 사귀다 보니 그게 그들의 일상 문화인 걸 알게 되었으니 소크라테스 님의 '노우 다이셀프'는 나처럼 구름빵을 좋아하는 여자를 딱 겨냥하는 말임이 틀림없다.

가끔 떠나가는 기차를 앞에 두고 서성이는 연인들을 본다. 기차가 떠나기 전 빨리 타야 하는데도 헤어지기 싫어하는 연인들의 긴 키스와 포옹에 조바심이 난 나는 발을 동동거리기도 했다.

"저걸 어쩌지. 기차는 떠나는데."

어쩌면 나라는 여자는 소심증에 멋대가리 없는 강박관념 자인지도 모르겠다. 그러노라면 내 마음속의 다른 아이가 중얼거렸다.

"다음 기차 타면 되지 뭘 그래. 저 노랑머리는 너와 달라. 영화처럼 저렇게 느리게 사는 인생은 아름다워."

기차는 떠나면 또다시 오겠지만 그 순간의 상큼 달콤한 꿀 키스는 다시는 맛볼 수 없을 특별한 사랑의 도장임이 분명하다. 나도 젊다면 저럴 수 있을 거라며 오기를 부려보지만 그건 오만이요, 결코 도달할 수 없는 자유분방하고 멋스러운 그들의 문화에 대한 질투일지도 모른다. 단어나 문장에 따라 어떤 말은 영어여서 정말 멋이 있고, 어떤 단어는 한국어여서 쫄깃쫄깃 감칠맛이 나는 언어가 있다. 그냥 '정차 지역'이라는 말 대신 '키스하고 타세요'라니 얼마나 여유와 애교가 넘치는 말인가? 솔직히 '로딩 존(LOADING ZONE)' 같은 곳에는 겁이 나서 주차해 본 적도 없지만 그런 팻말은 뭔가 모르게 사람을 불안하게 한다. 주차 시간이 5분 이내로 똑같다는 건 알고 있지만 〈키스 앤 라이드〉 지역에선 타고 내릴 때 키스를 할 수 있다는 낭만과 여유가 있어 마음이 따뜻해진다.

반경 5킬로미터 밖으로는 못 다니던 엄격한 록다운이 끝날 무렵 마스크를 쓴 채 1미터 간격으로 띄엄띄엄 그려 놓은 좌석에 앉아 죄인처럼 조용히 시드니로 기차여행을 했다. 그 여행은 지루했고 불안했으며 서먹했다. 행여나 코비드를 옮길까 봐 누가 기침이라도 하면 서로가 두리번거리며 경계 태세를 갖추었다. 더구나 에어컨에 약한 나는 항상 좌불안석이었다. 보온병에 뜨거운 물을 가득 담아 끼고 다니며 기침이 나올라치면 주변 눈치를 보며 얼른 목을 축였다.

호주 기차는 콰이어트 캐리지(QUIET CARRIAGE)와 일반차량을 달고 운행한다. 조용히 책을 읽거나 잠을 자고 싶으면 콰이어트 캐리지 칸에 자리를 잡으면 그만이다. 호주에 와서 제일 매력을 느낀 교통수단이 기차인 이유가 이것이었다. 사실 차는 운전대가 한국과 정반대라 운전이 여간 신경 쓰이는 게 아니었다. 더구나 싼 차비로 파란 바다와 푸른 숲을 구경하며 마음껏 책을 읽을 수 있는 호사를 누리는 자유부인의 기분을 누가 알리요! 좌석마저 한국의 지하철처럼 마주 보지 않고 한 방향으로 배치되어 있으니 나는 기차의 '찐 팬'이 될 수밖에 없다. 마음껏 생각하고 요리조리 글의 얼개를 짜는 데 안성맞춤인 나의 공간이 거저이니 말이다.

자칫하면 코비드의 창궐로 생활의 제일 큰 즐거움인 기차여행과 〈키스 앤 라이드〉 구역의 작은 행복을 놓칠 뻔했다. 그것이 없어지고 나서야 소중함을 깨달았으니 시골 여자에게 이 또한 소확행이 아닌가? 기차 타러 가는데 어디선가 귀여운 목소리가 속삭인다.

"키스해 줘. 태워 줄게!"

이제 코비드로 인한 언택트 기세가 완전히 꺾이면 키스에 포옹까지 덤으로 찾아오겠지. 지금 호주는 겨울인데도 벌써 내 맘엔 봄이다. 록다운이 풀리기만 하면 만나는 사람 누구라도 꼭 껴안아 주고 싶다.

✍ 이마리

* 기차: 지하철 역할을 하는 호주의 기차는 한국과는 달리 거의 지상을 달린다.

7월의 크리스마스

내가 시드니에 와서 처음으로 사귄 친구는 린(리넷트)이었다. 그랬던 린이 80회 생일에 휠체어에 앉아 손님을 맞이하는 모습을 보니 마음이 무겁게 내려앉는다. 너무도 안타깝고 가슴이 아파진다. 그날 우리 부부는 모처럼 린의 친구들과 만났지만, 세월의 무게 속에서 여러 명이 이미 병들고 유명을 달리하여 그날 모인 친구는 얼마 되지 않았다.

우리 부부가 시드니에 정착한 것은 23년 전이었다. 우리는 집 근처의 모든 곳을 걸어 다니며 이웃을 알아보기로 마음먹고 열심히 살펴보았다. 그러던 중 늘 같은 시간에 강아지를 데리고 산책하던 리처드와 만났고 그와 대화를 나누기 시작했다. 하루는 리처드가 "차 한잔 마시러 우리 집에 가지 않겠니?" 하며 초대해 주었다. 그때 처음 만난 부인 린은 동양인인 우리를 아무 편견 없이 오랜 친구처럼 편하게 대해 주었다. 그녀는 변호사로 일하다가 은퇴한, 나보다 5살 많은 능력 있고 멋진 여자였다. 이런저런 얘기를 나누면서 우리가 많은 공통점을 가진 것을 발견하고 급속도로 가까워졌다. 그러다가 자연스럽게 일주일에 한 번씩 만나 같이 점심을 먹는 사이로 발전해 나갔다.

리처드는 시드니에서 태어나 자란 토박이여서 동네 구석구석을 잘 알아 매번 우리를 태우고 다니며 새로운 곳을 안내해 주었다. 시드니에서 오래 살아 본 사람이 아니면 모를 곳까지 구석구석 보여주면서 그곳의 역사라든가 재미난 에피소드를 차분히 설명해 주는 것도 잊지 않았다. 우리는 리처드에게 시드니의 진면목을 차근차근 배우면서 시드니를 돌아볼 수 있는 행운을 얻게 되었다. 우리는 린 부부의 초청을 받아 자연스럽게 동굴 탐험 친구들 부부 모임에도 참석하게 되었다. 한 달에 한 번씩 경치가 뛰어난 곳에서 바비큐를 즐기고 교제를 나누었다. 각자가 다양한 직업을 가지고 일하다가 은퇴한 분들이었다. 덕분에 여러 종류의 경험담을 들었고 그걸 통해 호주인들의 참모습을 들여다볼 수 있었다. 그 모임에는 부시 레인저*로 근무했던 사람이 있었는데, 그는 옛날 젊은 시절 자기가 일하는 동안 살았던 집에 우리를 안내했다. 지금은 그 동네 이름도 생각나지 않지만, 길도 제대로 없는 오솔길을 올라가니 그곳에 조그마한 벽돌집이 나타났다. 정원 끝이 바로 절벽으로 이어진 그곳에서서 우리 모두 탄성을 질렀다. 시드니에서 제일 황홀한 경치가 그곳에 펼쳐져 있었다. 오페라하우스와 하버브릿지가 한눈에 보이는 곳에 있는, 레인저들을 위해 제공되는 집이었다. 이런 곳의 집을 무료로 준다면 레인저를 직업으로 하고 싶다며 모두 부러워했다. 모임 때마다 그들의 진솔한 이야기를 들었던 경험은 이곳에서 살아갈 우리에게 더할 수 없이 좋은 공부가 되었고 호주인들을 이해하는 데에도 많은 도움이 되었다. 멤버 중에 바닷가에 별장이 있어서 초대받아 가기도 했다. 멤버들의 집을 오가며 자주 만나면서 우리도 서서히 그들 속으로 동화되어 함께하기 편한 친구가 되어 갔다.

린이 유난히도 추운 7월의 어느 날 2박 3일로 율페스트(Yulefest) 행사에 같이 가자고 했다. 한 번도 들어 본 적이 없는 말이어서 무슨 말을 하는지도 모르고 린 부부를 따라 블루마운틴에 있는 호텔에 도착했다. 저녁에 크리스마스이브 파티가 있으니까 잘 차려입고 나오라고 해서 아껴 두었던 드레스로 성장하고 큰 기대를 품고 호텔 무도회장에 도착했다. 홀에는 이미 많은 사람으로 북적이고 있었고 라이브 음악 밴드가 흥겨운 크리스마스 캐럴을 정열적으로 연주하고 있었다. 장내는 왁자지껄 들뜬 분위기로 활기에 차 있었다. 우리 그룹 테이블에 모여 있던 친구 부부들이 댄스 무대에 나가서 즐겁게 춤을 추기 시작했다. 엉겁결에 따라와서 어리둥절한 우리에게 린이 율페스트의 기원을 설명해 주었다.

영국 조상들이 남반구인 호주에 와서 첫해 크리스마스를 맞았을 때 땀을 뻘뻘 흘리는 날씨 때문에 도무지 축제 기분이 나지 않아 실망했다고 한다. 그래서 생각해 낸 것이 제일 추운 7월을 크리스마스 축제 달(Christmas in July)로 정하여 축하하고 즐기는 일이었고 그 전통을 지금까지 계속 이어 오고 있다고 했다. 낙천적이며 즐길 줄 아는 서양인들의 사고방식이 만들어 낸 날인 것이다. 그렇게 생각하니 12월 축제보다 7월 '율페스트'가 진정한 겨울 축제 같았고 크리스마스 분위기를 피부로도 느낄 수 있어 더욱 실감이 났다. 그날 밤이 새도록 우리는 그들의 전통에 따라 떼춤을 추며 함께 노래하였다. 끝없이 먹고 마시면서 행복하게 크리스마스다운 크리스마스를 마음껏 즐길 수 있었다. "역시 크리스마스는 겨울이 제격인 거야." 나는 무심코 그렇게 말했다가 젊었을 적에 지금의 남편과 데이트했던 일을 떠올렸다. 영하 10도가 넘나드는 날씨에도 얇은 스타킹에 미니스커트를 입고 밤새 남편과 서울 시내를 돌아다녔던 기억이 새삼스러웠다.

지난 10여 년간 나와 린은 더할 수 없이 좋은 친구로 마음 가는 대로 구름 따라 바람 따라 여행도 함께하고 훈훈한 우정을 다지면서 기억에 남는 아름다운 추억을 차곡차곡 만들어 갔다. 그즈음 린이 피부암이란 진단을 받았고 여기저기 이상이 생겨 입원 기간이 길어지기 시작했다. 목 척추 근처에 종양이 생겨 수술한 후에는 걷지도 못하고 휠체어에 앉아서 겨우 식사만 할 정도가 되었다. 이제는 이층집에서 살 수가 없어서 애슈필드에 있는 고급 은퇴 아파트로 이사를 가게 되었다. 아파트 안에는 린을 들어 올려 자리를 옮길 수 있는 여러 기계시설 등이 편리해 보였다. 그걸 보는 순간 오직 기계와 남편에게 의지할 수밖에 없는 린의 고통이 내게도 전해져 가슴이 아려 왔다. "친구는, 기쁨은 두 배로 만들어 주고 슬픔은 반으로 줄여 준다"라는 키케로의 말이 생각났다. 슬픔과 고통을 반으로 줄여 줄 수 있는 친구가 되지 못하는 것이 실망스러웠다. 돌아오는 발걸음이 한없이 무거워지면서 아무런 도움도 줄 수 없다는 무력감에 눈물이 주르르 흘러내렸다.

무언가 간절히 주고 싶은 마음이 있다는 것은 그를 위해 내가 꼭 해 주어야 할 일이 있다는 것을 의미하기도 한다. 이제는 린을 위한 나의 기도가 서로에게 위안이 되어 매일매일 아낌없는 사랑의 마음을 보내는 것으로 간절한 마음을 달랠 수 있길 바라 본다.

✍ 김수영

* 레인저(Ranger): 호주에는 넓은 땅을 돌아다니며 관리하는 순찰자가 있다. 그중 부시 레인저는 삼림·공원 감시원이다.

우리 반 친구들

대학교 졸업식 날 '이제 해방이다'라는 생각에 기뻤고 공부는 끝이라고 후련해했다. 그리고 수십 년이 흘렀다. 애들 키워서 결혼시키고 일에서 은퇴하고 나니 이제 슬슬 다시 공부가 하고 싶어졌다. 이민자를 위한 영어 회화반을 다니다가 영어도 배우고 성경 공부도 할 겸 일주일에 하루는 호주 교회의 바이블 스터디 교실에 다닌 지도 십 년이 넘었다. 다시 학생이 된 것처럼 매주 목요일 공부반에 다니고 집에서는 교재를 펴서 숙제하는 일이 내 삶의 우선 과제가 되었다.

함께 공부하는 열댓 명 되는 이들은 학창 시절 친구처럼 허물이 없다. 코비드 때문에 밖에 외출할 기회가 거의 없었는데 지난달 마가렛이 번개팅을 제안하여 다 함께 근처 볼링클럽 카페에서 만나기로 했다. 7월이 생일인 나와 네리를 축하할 겸 만든 자리였는데 모두 여덟 명이나 모였다. 그런 자리는 처음이라서 나는 생각이 많았다. '우리 두 사람을 위해 나머지가 점심을 사 주려나? 그럼 우리는 차와 케이크를 사 주어야 하나?' 하고 눈치를 보는데 당연한 일처럼 각자가 자기 몫을 계산하는 걸 보고 오히려 마음이 놓였다. 그날 찍은 사진을 들여다본다.

그날은 참석하지 못했지만 셀리나는 일제가 스리랑카에서 총을 쏘아 대며 침략 전쟁을 벌이던 당시 20대였고, 그때 가족과 함께 쪽배를 타고 호주로 도망쳐서 가까스로 살아남았다. 그녀는 몸으로 체험한 신앙과 은혜로 우리 모임의 구심점 역할을 해 왔다. 올해 90세가 된 그녀는 눈과 귀가 어두워 제 역할을 하지 못했어도 공부를 그만두지 않았다. 수업 전날마다 가까운 친구가 찾아가서 교재를 읽어 주고 함께 공부해 왔다. 목요일이 되면 우리 반 친구 중 하나가 그녀를 데려오고 또 데려다주었다. 상대방의 얼굴이 희미하게 보인다는 그녀에게 얼굴을 가까이 갖다 대고 꼭 안아 주면서 세월의 무게를 자연스럽게 받아들이는 법을 배워 갔다.

10년 이상 우리 공부를 인도해 온 이는 마가렛이다. 그녀는 환자를 진료하는 의사이면서 신학 공부를 파트타임으로 했다고 한다. 구약을 공부할 때 그녀는 이스라엘을 비롯한 성지를 몇 차례 순례

하며 찍어 온 사진들을 보여 주는데, 시청각 효과가 있어 지루함을 덜어 준다. 어느 해인가는 유대인들이 지키는 유월절 만찬을 그대로 재현했다. 우리는 준비해 간 양다리, 이스트가 안 들어간 납작빵, 셀러리, 삶은 달걀을 준비해 가서 서양 고추냉이 소스에 찍어 먹으며 성찬을 즐기기도 했다.

우리 중 유일하게 독신으로 살아온 메건은 공부도 많이 해서 젊었을 때는 좋은 직업에 종사했지만 우울증을 앓은 지 오래되었다. 그녀는 코비드 규제로 사람들과 어울리지 못하고 혼자 지내야 했던 지난 일 년이 무척 힘들었다고 이야기했다. 밤에는 혼자 사는 아파트에 누군가가 침입한다는 공포에 시달려 끊었던 우울증 약을 다시 복용했다. 약 후유증으로 몸무게도 15킬로나 늘었단다. 우리는 자주 그녀에게 안부 전화도 하며 자매처럼 돌보아 준다.

늘 온화한 표정의 이본느는 오늘도 바쁘다. 거의 30년 가까이 살아온 집을 팔고 고향 근처로 이사를 계획하고 있다. 중년의 나이에 이혼하고 재혼한 그녀는 자기 자녀 셋에 남편의 자녀들까지 있는 대가족의 주인이다. 바람 잘 날이 없는 그녀지만 힘든 문제보다 즐거운 가족의 대소사가 더 많아 보여서 우리의 부러움을 산다. 70세밖에 안 된 그녀는 어느 날 손녀의 결혼식 사진을 보여 주더니 얼마 후 그 손녀가 낳은 증손녀의 사진까지 보여 주어 우리의 환성을 자아내게 했다. 그 대가족의 화목을 지탱하는 힘은 자상하고 상냥한 그녀의 성품일 것이다.

노인용 보행기를 끌고 다니는 헬렌은 유전적 결함으로 다리에 이상이 있어서 한 발씩 간신히 떼어 걸을 수밖에 없다. 그러다 보니 운동 부족으로 과체중이 되어 고생한다. 불편한 다리를 보상이나 하듯이 헬렌은 언변이 뛰어나다. 문제의 해답을 말하다가 해박한 성경 지식 때문인지 늘 엉뚱한 방향으로 이야기가 튄다. 토론의 문화 속에서 자란 호주인들은 너나없이 뛰어들어 이야기에 열을 올린다. 안타깝게도 내 영어 실력으로는 그들 가운데 끼어들 여지가 없기에 그저 조용히 듣기만 한다.

몇 년 전에 남편과 사별하고 혼자 사는 80대의 지니는 모임에서 늘 외로움을 호소한다. 남아프리카 출신인 지니는 얘기 중에 우연히 린이 같은 남아프리카 출신임을 알게 되어 반가워했다. 그 후로 둘은 나이 차가 많은데도 서로의 집을 오갈 정도로 친해졌고 지니의 입에서 외롭다는 말이 줄어들었다. 어느 나라 사람이나 고향 사람은 역시 반갑고 금방 친해지나 보다. 그녀의 세 자녀 중 60대인 아들 하나는 일주일에 한 번 날을 정해서 근처 카페에서 함께 점심을 먹기 위해서 찾아온다고 한다. 다정한 아들이었다. 그녀처럼 외로움을 혼자 견디기보다 때로는 자녀들에게 마음을 호소하는 것도 나쁘지 않을 것 같았다.

몇 년 전에 재혼해서 행복을 다시 찾은 리는 혼자 독립해 사는 20

대의 의붓딸이 있다. 그 애는 대학을 쉬고 여러 직업을 전전하고 있었다. 때때로 술에 취해 밤중에 전화를 걸어 오곤 했는데 그때마다 리는 아이를 데리러 가야 한다고 한숨을 쉬었다. 리의 딸을 위해 기도하는 시간이 끝나자, 뒤이어 네리가 막 20대가 된 손녀딸이 전자담배를 피워 대고 술을 자주 마신다고 기도 요청을 해 왔다. 그 옆에 있던 실라는 손자가 며칠 전에 대학 입시 과목을 치르는 시험장에 나타나지 않았다고 한숨을 쉬었다. 나도 14살이 된 손자가 가끔 학교를 빼먹고 사라져서 학교에서 아들에게 전화가 왔었다고 말했다. 우리는 늘 이렇게 서로를 위해 함께 기도하자고 약속했다.

나이 70이 된 우리의 걱정거리는 아들과 딸을 지나쳐 이제는 손자 손녀 문제로 이어졌다. 우리는 모일 때마다 요즘 세상이 문제라고 한숨짓는다. 손주들이 몇 시간씩 개인 전화기나 컴퓨터로 게임이나 유튜브에 빠져 헤어날 줄 모른다는 게 늘 공통된 화제였다. 그런 것들이 없었던 옛날이 좋았다고 모두가 이구동성으로 탄식했다. 자랄 때부터 바르게 살라는 유교적 교육방침으로 가정교육을 철저하게 받고 자란 한국 아이들과 다르게 호주 아이들은 자유롭게 자랐다. 무방비 상태로 적을 맞은 것처럼 달콤해 보이는 유혹에 맥없이 무너지고 마는 경우를 많이 보았다. 여기서 태어난 내 손자 또한 호주 아이와 다를 게 없었다. 우리는 서로의 자녀와 손주들 문제를 함께 걱정하고 기도해 준다. 마음의 짐을 함께 나눌 수 있는 친구가 있다는 건 좋은 일이다.

나이가 들어서 병에 자주 걸리고 몸이 불편해져도 숙제를 안 해오는 친구는 거의 없다. 모두 자기 차례가 오면 어김없이 집에서 적어 온 답안을 읽어 간다. 자기가 쓴 글씨를 알아보지 못하고 헤맬 땐 한바탕 웃음꽃이 핀다. 숙제하기 위해 긴장하고 머리 싸매어 준비하는 시간이 내 건강을 유지해 준다는 걸 이젠 알 수 있다.

매주 다니는 성경 공부반은 나의 자랑이요, 보람이 되었다. 태어난 나라와 사는 방식이 달라도 같은 교실에서 차를 마시며 담소하고 함께 공부하는 동안 서로를 깊이 이해하게 되었다. 그들은 한국 음식이나 문화에 관심을 보이며 자주 물어 온다. 헬렌은 몇 년 전에 한국에 다녀와서는 내게 곧잘 한국말로 "안녕하세요?" 하고 인사를 한다. 나는 그들을 통해서 호주 사람들의 타인에 대한 친절과 배려를 몸에 익히게 되었다. 또한 모든 걸 아껴 쓰며 자연을 보존하기 위해 노력하는 그들을 존경한다. 70이 넘은 나에게 나의 공부반과 그 친구들은 젊음을 지탱해 주는 끊을 수 없는 마약이 되었다.

✍ 양혜자

3. 먼 지구를 건너

왕의 잔치

남편이 세계보건기구(WHO) 남태평양 지역본부의 14개국을 담당하는 책임자가 되어 그 지역본부가 있는 피지의 수도 수바에 도착했다. 피지는 남태평양 작은 섬나라들의 중심이었다. 그래서 미국, 영국, 중국, 일본, 프랑스, 호주, 뉴질랜드, 이스라엘, 한국을 비롯한 10여 개국의 대사관과 많은 유엔기구 지역본부도 상주하고 있었다. 작은 섬나라 바누아투에서 살다 온 나에게는 엄청나게 큰 변화였다.

얼마 후 통가의 왕인 시아오시 투포우 5세의 생일파티에 초청받아 영국 연방국 통가에 가게 되었다. 왕은 언젠가 『타임스』 표지에 사진이 실려서 세계적으로 유명해진, 체구가 거대한 분이었다. 캡

틴 쿡이 남태평양에 도착해서 점령한 다른 나라는 모두 식민지화했으나 유일하게 왕정을 인정해 준 나라가 통가였다. 그 이유로는 그들의 통 큰 대접과 친절한 접대 문화 때문이었다고 전해지고 있다. 통가인은 뉴질랜드의 마오리족과 하와이 원주민과 같이 폴리네시아인이었다. 피부가 옅은 검은색이었고 여자와 남자 모두 거대한 몸을 가졌다.

왕의 생신을 축하하듯이 그날은 약간의 바람을 동반한 화창하고 쾌적한 날씨가 계속되었다. 초청받은 모든 사람이 들뜬 분위기로 화기애애하게 대화를 나누는 모습에서 더욱 축하의 열기를 느낄 수 있었다. 손님 대부분이 피지에 주재하고 있는 각국의 대사 부부들과 유엔 대표들 그리고 왕의 생일을 축하하러 온 다른 작은 섬나라 대표들이었다.

나는 처음으로 초대받은 남태평양 섬나라 왕의 생일 만찬에 대한 기대감으로 잔뜩 부풀어 있었다. 카바 여흥이 끝나고 통가의 전통 복장인 타파(뽕나무 껍질을 두드려 펴서 만든 천)로 만든 옷을 입은 사람들이 등장했다. 통가 전통 무늬와 나무 열매, 조개껍데기로 치장한 화려한 옷을 입은 남녀의 춤이 흥을 돋우며 한바탕 즐거운 축하연이 벌어졌다.

식민지풍(Colonial Style)의 하얀 목조 건물로 지어진 왕궁 앞 정원에는 디귿 자로 천막이 세워져 있었고, 중앙에 자리한 음식 테이블에는 온갖 남태평양 음식이 다양하게 차려져 있었다. 테이블 뒤로 통가의 전통복장을 입은 덩치 큰 여인들이 웃는 얼굴로 손님을 맞이하며 음식을 나누어 주는 게 보였다. 음식이 많았지만 그중 원주민이 주식으로 먹는 타로, 얌, 카사바가 먹음직스러웠다. 이곳 명물인 박쥐요리, 거북알 요리, 거북 살코기 요리는 내가 처음 보는 아주 진귀한 음식이었다. 코코넛 밀크를 넣고 바나나 잎으로 싸서 돌 속에서 몇 시간 동안 구운 통 생선구이와 엄청나게 큰 왕새우 요리, 랍스타 요리는 내가 좋아하는 요리였다. 그리고 흰살생선회를 잘게 썰어 토마토와 양파, 레몬즙, 코코넛 밀크를 넣은 샐러드는 섬나라 별미로 아주 특별한 맛이었다. 섬의 특산 시금치는 우리 시금치와는 달리 코코넛 밀크를 버무려 독특하면서도 매력적인 맛이 났다. 각종 열대 과일로 차려진 잔칫상도 손님들의 눈길을 끌기 충분했다. 상을 장식한 열대 꽃의 색상이 무척이나 화려했다.

정원 한편에는 장대를 엮어서 만든 임시 바비큐 설비가 있었다. 통가 남자들이 어린 통돼지 구이를 손으로 돌리면서 춤을 추듯 특유한 제스처로 껍질을 툭툭 치며 굽고 있었다. 가볍고 경쾌하게 바삭거리는 소리가 톡톡 울리면서 후각과 미각을 자극하고 입맛을 돋우었다. 바삭한 껍질과 부드러우면서도 적당히 습기를 머금은 속살의 궁합이 입안에서 스르르 녹아들었다. 상상 이상으로 매력적인 맛이라 돼지고기를 즐기지 않는 나조차도 금세 매료되고 말았다.

그때 미국 대사 부인이 놀란 얼굴로 테이블에 올라온 거북이 요리를 손으로 가리켰다.

"어떻게 바다거북을 잡아 요리로 내놓을 수가 있어요?"

그녀가 안타까운 표정으로 거북요리를 거부하고 돌아가니 주위가 술렁이기 시작했다. 아무리 작은 나라의 왕이지만 최소한 외교단으로서의 예의는 지켜야 했기에 모두 숨죽이며 거북요리를 담아 황급히 자리를 뜨기 시작했다. 어색한 시간도 잠시, 의외로 많은 사람이 거북요리를 즐기며 분위기가 다시 활기를 띠게 되었다. 거북이는 수백 년을 사는 물고기라서 요리로 오르리라 생각하지 못했다. 그러나 그 살코기 맛은 닭고기와 생선 맛의 중간쯤으로 부드럽고 연했으며, 거북알은 말로 표현할 수 없을 만큼 오묘한 맛이 나 의외의 놀라움이었다. 영겁의 나이에도 두꺼운 껍질 속에 감추어진 속살과 알이 어찌도 그리 맛이 있었는지…. 거북요리는 운 좋게 딱 한 번 더 먹을 수 있었지만 그 이후로 남태평양 파티에서는 찾아볼 수가 없게 되었다. 아마도 해양 어류 보존을 위한 조치가 아니었나 하고 짐작할 뿐이다.

통가 왕궁 정원 근처의 나무숲은 박쥐들의 서식처였다. 늘 박쥐 소리로 시끄러웠고 더구나 분비물이 바닥을 온통 뒤덮고 있어서 근처에 갈 수 없을 정도로 냄새가 심했다. 꽃만 먹고 사는 박쥐라지만 아무래도 선입견 때문인지 그런대로 먹을 수는 있었지만 맛을 즐길 수 없었다.

"왕궁 근처에 서식하는 박쥐는 왕의 소유이고 왕의 허락 없이 함부로 잡으면 벌을 받는대요."

식사 중에 프랑스 대사 부인이 살짝 귀띔해 주어 그날의 박쥐요리가 귀한 손님에게 특별히 대접하는 것임을 알게 되었다.

그 잔치는 영국 왕실 같은 격식도 화려함도 없었지만, 섬나라 특유의 여유로움, 따스하고 친절한 서비스와 진귀한 먹을거리로 만찬은 화기애애하고 성대하게 막을 내렸다. 나는 자연스럽고 때 묻지 않은 남태평양 사람들의 순수한 환대에 편안한 마음으로 그날의 만찬을 한껏 즐길 수가 있었다. 그러나 과식을 한 탓인지 호텔에 돌아와서 밤새껏 곤혹을 치렀다. 하지만 생전 처음 먹어 보는 진귀한 요리들로 과식을 했으니 '당연히 겪어야 할 과정이 아니었을까?' 하는 자조적인 말로 스스로를 달랬다.

며칠을 묵는 동안 통가인들의 푸짐하고 따뜻한 대접을 듬뿍 받고 돌아오니, 어린 돼지의 바삭한 껍질과 거북요리는 다시 먹고 싶은 나의 소울 푸드로 남아 있다. 당시 외롭고 힘든 디아스포라의 삶에 조금이나마 위안이 되어 나의 향수를 달래 주었다고나 할까.

이렇게 성대하게 잔치가 끝난 후 나에게 충격적인 사실은 섬나라 사람들과 우리의 생활 방식이 상당히 다르다는 점이었다. 빈부 격차와는 별개로 섬사람들의 여유로움은 우리 생활 속에서는 찾아볼 수 없는 것이었다. 큰 잔치에서도 그들은 남자와 여자의 역할을 구분하였는데, 온 부락 남자들이 잔치에 참여하여 협력하는 모습이 내겐 무척 낯설었다. 돌 오븐을 만들어 생선을 굽고 장대 구이 바비큐 틀을 만들어 무거운 고기를 통째로 굽는 일이 온전히 남자들의 몫으로 이해되었다. 여자들은 둘러앉아 담소하며 샐러드 정도를 준비하였는데, 그 모습이 명절 때마다 고된 가사 노동을 하는 한국 여자들의 모습과 겹쳐 보여 자꾸 비교되었다.

생각해 보니 그곳의 기후가 사람들의 마음과 행동을 여유 있고 낙천적으로 만드는 것 같았다. 욕심내지 않고 온 동네 사람들이 나누어 먹으며 베짱이처럼 노래하고 춤추던 광경이 지금도 가끔 떠올라 내게 잔잔한 미소를 피어나게 한다. 지금 이곳은 그곳과 전혀 다른 환경이지만 그들의 생활 방식에 따라 느긋한 여유를 즐기며 사는 동안 나에게도 많은 변화가 자리 한 것 같아 감사하는 마음이다. 나는 그렇게 오늘도 그곳을 그리워한다.

✍ 김수영

사돈이 준 귀한 선물

나에게는 여행을 좋아하고 장거리 라이딩 같은 이런저런 스포츠로 건강관리를 잘하는 사돈이 있다. 사돈은 일찌감치 은퇴를 선언하고 자기가 즐기는 일을 찾아 한중망을 누리고 있다. 이런 사돈 덕분에 난 영국에서 커낼보트(Canal Boat)에 탈 기회를 얻었다. 처음에 딸이 자기 시부모와 함께 보트를 타러 가자고 했을 때 난 주저했다. 한국 사돈은 말이라도 통하지만 서양 사돈과는 대화가 결코 매끄럽게 이어지지 않았기 때문이다. 사돈 내외가 한국말을 전혀 모르니 결국 우리 내외가 영어로 듣고 말해야 하는 스트레스를 고스란히 안아야 했지만 우리는 일단 떠나기로 결정했다.

그것이 벌써 12년 전 이야기이다. 리버 크루즈나 오션 크루즈는

들어 봤어도 운하에서 보트 놀이를 한다는 것은 난생처음이었기에 아무것도 모른 채 얼떨결에 사돈 내외를 쫓아가 신기한 여행을 경험했다. 런던에서 서쪽으로 차로 서너 시간쯤 달려야 나오는 액턴 브리지(Acton Bridge)라는 곳에서 우린 보트에 올랐다. 그곳은 마치 한 폭의 그림처럼 아름다웠고 주위의 기척이 거의 느껴지지 않은 작고 조용한 마을이었다. 내로보트(Narrowboat)로도 일컫는 커낼보트는 운하의 길이나 폭이 좁아 운하마다 운행이 가능한 보트 길이와 폭을 정해 놓고 있다 한다.

우리가 탔던 보트의 길이는 20m 폭은 2.2m 정도였다. 처음 보트에 올랐을 때 이런 작은 공간에서 이 많은 식구가 (어른 여섯에 두 살짜리 아기, 한 살짜리 아기 모두 8명) 나흘 밤을 어떻게 보낼지 후회와 한숨으로 맘이 착잡했다. 그런데 보트 안을 한 바퀴 둘러 보고 나니 걱정은 어느덧 사라지고 오히려 마음이 들뜨기 시작했다. 보트는 주방, 침실, 화장실, 샤워장에 욕조까지 갖추고 있었다. 더 놀란 것은 주방의 찬장을 여니 와인잔, 샴페인잔, 맥주잔 등이 줄줄이 걸려 있다는 점이었다. 아래 선반엔 영국을 상징하는 무늬가 그려진 앤티크 찻잔들이 줄지어 놓여 있었다. 불현듯 손녀의 주방 살림 장난감이 생각나 우리도 여기서 선상 소꿉놀이를 한판 벌여도 될 것 같았다.

우리가 탄 보트는 한 시간에 6~7킬로미터 정도로 유영했다. 이는 보통 사람 걸음 속도의 두 배쯤 된다. 오랜 세월 '빨리빨리'에 물들어 있던 내게 운하 위에서의 보트 놀이가 점점 지루해질 즈음 보챔 없는 느림 속에서 얻어지는 마음의 평강이 모든 지루함을 압도해 버리는 기적이 벌어졌다. 느림 속에서 우리는 운하의 물결 따라 펼쳐지는 다양한 풍경을 맘껏 즐겼고 맑은 공기를 아낌없이 마시며 자연 속으로 우리 모두를 온전히 맡기고 있었다.

운하 수면 위에 대칭으로 그려지는 각양각색의 꽃들과 수목들에 둘러싸인 고풍스런 가옥들은 움직이는 수십 폭의 수채화들이었다. 농가를 지날 때는 끝없는 벌판 위에서 한가로이 여유를 즐기는 가축의 무리가 나의 오랜 친구라도 되듯 새삼 사랑스러웠다. 한적한 시골 마을의 정경에 빠져 칠월 훈풍에 머리카락이 이리저리 갈피를 못 잡고 있을 때 뜻하지 않게 눈에 들어온 것은 녹슨 창살만 외로이 남아 있는 오래된 건물이었다. 지금은 폐허가 되어 버려 산업혁명의 잔해로 뼈대만 앙상히 서 있던 빨간 벽돌 건물은 옛 방적공장의 모습이라 했다.

과거에 운하는 석탄이나 나무 등을 운반하는 운송 수단으로 만들어졌으나 철도의 도래로 한동안 사람들의 삶에서 떠나 역사로만 남아 있었다. 그러다 20세기에 들어서면서 다시 소생되었는데, 지금처럼 수상 레저로 새로 태어난 운하를 보고 있으면 '역사는 결코 소멸되지 않고 잠시 사라져 있을 뿐'이라고 말하는 듯 느껴졌다. 우리에게 다시 찾아온 운하 위를 보트가 부드럽게 유영한다. 나는 보트의 노에 내 양손을 살며시 갖다 대어 봤다. 훈풍이 내 머리를 타고 내려와 노를 잡은 내 두 손을 포근히 감싸 주었다.

보트에서의 아침 식사는 토스트와 시리얼로 간단히 끝냈다. 점심 때면 보트 여행 중 종종 만나는 아담하고 평화로운 마을로 향했다. 그 고장 카페에서 먹는 마을의 정취가 담긴 소박한 음식은 나의 미각과 시각을 행복하게 만들어 주었다. 저녁은 좀 더 큰 마을에 보트를 정박해 놓고 그곳에 머물면서 즐기기로 했다.

그 마을에서 유명하다는 펍에 가서 담소를 안주 삼아 맥주를 마시며 넉넉한 식사와 함께 다음 날의 일정들을 이야기했다. 식사 후 약간 짓궂은 와인의 취기를 떠안은 채 우린 펍 주변을 산책했고 컴컴하긴 했어도 그 어둑한 낯선 지방의 물가를 걸으면서 나는 은하 세계를 경험하며 붕 떠 있었다. 마치 시드니에서 온 나를 환영이라도 하듯 하늘에서는 영롱하게 반짝거리는 많은 별이 금세라도 내 앞으로 와르르 쏟아질 것만 같았다.

여행 중 가장 흥미로웠던 기억은 둘째 날 저녁과 셋째 날 저녁에 남아공에서 열렸던 2010년 월드컵 준결승과 결승전이었다. 한국은 16강까지 갔으나 후에 준결승까지 올라간 우루과이에게 단 한 골 차이로 패했으니 참 잘했다고, 뛰면서 볼을 차는 우리의 붉은 신동들에게 박수를 보낸 기억이 난다. 결승전 경기 시청 중 나도 모르게 어처구니없는 생각에 잠겨 혼자 실소했던 기억도 떠오른다. 혹시 한국과 영국이 붙었다면 우리 사위는 누구 편에 섰을까? Go Korea? Go England? 아니면 중간에서 이도 저도 못하고 양쪽 눈치만 보며 안절부절못했을까? 상상이 제법 즐거웠다.

노란색 구명조끼를 입고 병아리처럼 보트 위를 이리저리 파닥거리며 다니던 외손녀가 자기도 물속으로 들어가 오리와 같이 놀겠다고 갑자기 떼를 쓰던 모습이 지금도 생각난다. 보트 가까이 다가오는 오리 떼를 보고 아이가 겁도 없이 보트 난간으로 기어오르려 할 때 얼마나 놀랐는지 심장이 멈추는 줄 알았다. 우리 일행이 처음 보트에 오르자마자 친할아버지가 손녀에게 노란 구명조끼를 입힌 이유를 난 그때야 깨달았다.

어떤 운하 줄기에는 수십 개의 록(Lock)이라 하는 잠금장치가 있었다. 수문이 있는 곳마다 단단히 감겨 있는 로프를 풀어 주듯 핸들을 일일이 손으로 돌리면 굳게 잠겨 있던 문이 열렸다. 이렇듯 수동으로 풀어 주고 다시 감고 하는 작업을 훌륭한 심폐 운동으로 여기는 사람이 바로 우리 사돈이었고 그런 이유로 그는 커낼보트 여행을 즐겨 했다.

5성급 호텔에 묵으면서 이국적 음식을 즐기고 그 지역 명품을 여행 가방에 담아 보는 화려한 여행도 좋겠지만, 자연과 함께하면서 전엔 전혀 몰랐던 이국의 어느 호젓한 마을의 객이 되어 보는 경험이 내게 더욱 잘 어울리고 친밀하게 느껴졌다. 속세를 떠나 아무 속박 없이 유유자적하고 느긋하게 마음 내키는 대로 사는 삶. 4박 5일간의 짧은 여정이었지만 일생에 한 번쯤은 경험할 가치가 있는 꽤 의미 있는 여행이었다.

'기회가 내게 찾아 왔을 때 바로 잡아야지 훗날 후회하지 않는다'는 금언을 실천에 옮긴 이 여행은 참으로 잘한 나의 선택 중 하나였다. 영어라는 스트레스와 함께 사돈 간의 껄끄러움까지 껴안고 떠난 여행이었지만 격식보다는 편안함을 중요시하는 그들의 사고방식은 우리 모두를 사돈지간이 아닌 친구지간으로 만들어 놓았다.

사돈 내외는 요즘 친구들과 커낼보트 여행 중이라고 딸이 말했다. 팬데믹으로 그동안 만나지 못했던 친구들과의 뜨거운 만남. 티타임에 김이 모락모락 나는 스콘 위에 버터와 집에서 만든 각종 잼을 발라 가며 수많은 이야기꽃을 한껏 피우고 있을 테지. 자상하고 여유로운 그들의 모습이 영상처럼 내 눈앞을 스쳐 지나간다.

나도 언젠가는 그들처럼 내가 아끼는 것들을 주위에 송두리째 내어 줄 날을 꿈꾸어 본다. 그것은 사돈이 내게 준 진정한 마음의 선물이었다.

✍ 심무경

차라도 한잔할까요?

햇살이 식탁 깊숙이까지 들어오기 시작한 가을날 오후 혼자 차를 마시려고 찻잔을 꺼내어 오늘은 무슨 차를 마실까? 하고 궁리한다. 이럴 때 진한 커피라도 한잔할 수 있다면 얼마나 좋을까? 그러나 나이와 더불어 늘어나는 불면증에다 위염이 도질 일이 걱정되어 결국은 얼마 전에 사다 둔 유자차를 꺼내 든다.

혼자서 차 마시는 즐거움을 알기 시작한 건 1960년대에 갓 결혼해서 남편이 발령받아 간 도쿄에서 살던 때부터이다. 남편이 출근하고 나면 좁은 집 청소를 금방 끝내 놓고 할 일 없이 망설이다가 티브이를 튼다. 그 당시 도쿄에는 같이 어울릴 사람이 없어 늘 심심했던 나는 일본어 공부를 한답시고 드라마에 빠져들었다. 즐겨 보던 드라마는 근세 이전의 시대물로 가풍 있는 부잣집의 고부 갈등을 다룬 드라마였다. 거기다가 이혼하고 돌아온 시누이는 새댁인 올케에게 사사건건 트집을 잡았다. 차 마시는 문화는 일본 상류 사회에선 일상적인 일이 되어선지 매일 아침 시어머니는 "우리 차라도 한잔할까?"라고 상냥하게 말을 건넸다. 며느리는 조심스러운 걸음으로 녹차와 그에 어울리는 카스텔라를 쟁반에 담아 내왔다. 차 마시는 시간만은 고부간의 갈등도 사라지고 모두가 상류 사회의 일원으로서의 우월감과 유대감을 즐기는 것 같았다. 외로웠던 나는 같은 시간에 함께 차를 마시면서 시공간을 넘어 그들과 함께 있는 것 같은 위로를 받았다.

다음 해에 나는 아들을 낳았고 그 애가 걷기 시작한 때부터 동네 놀이터에 데리고 다니기 시작했다. 거기서 그 또래 아이의 엄마인 레이코와 친해졌다. 우리 둘 다 달랑 방 하나 부엌 하나 달린 작은 아파트에 살아서 서로의 집에 가 보기가 쉽지 않았는데, 어느 날 레이코가 자기 집에서 차를 마시자고 청했다. 그날 그 집의 좁은 부엌에 앉아서 함께 마신 차는 호우지차였다. 질이 낮은 찻잎을 센 불에 구워 낸 차라고 했는데 나뭇잎 타는 냄새가 나서 녹차보다 더 선호하게 되었다. 호우지차를 마실 때면 늘 이효석의 『낙엽을 태우면서』라는 수필이 생각났다. 저자는 낙엽 타는 향기를 맡으며 강렬한 생의 의욕을 느낀다고 했는데 나도 한창 젊고 생의 의욕이 넘쳐나던 때여서 그 차를 좋아했던 것인지 모르겠다.

녹차 맛처럼 그윽한 히사코는 애들 놀이터에서 사귄 아기 엄마이다. 돌 지난 아기 하나 데리고 부부가 무슨 볼일로 도쿄에 잠깐 살았던 건지 이후 고향인 시코쿠에 돌아간 그녀는 우리 가족을 시코쿠에 초대했다. 100세 가까운 할머니와 4대가 한집에 사는 전통적인 아담한 목조 이층집에서 방금 빨아 놓은 듯한 빳빳한 이부자리에 감격했다. 아침마다 히사코 엄마가 준비해 준 녹차를 마시며 그들과 함께 생활한 며칠 덕분에 일본 사람들에 대한 선입견이 깨지고 상냥하고 예의 바른 그들을 좋아하게 되었다.

1970년대에는 사우디아라비아의 제다라는 도시에서 살게 되었다. 울타리가 쳐진 아파트 단지 안에서만 자유롭게 왕래할 수 있었는데, 나는 단지 안에서 미국인 안젤라와 영국인 존과 다행히 친구가 될 수 있었다. 아이들을 학교에 보내 놓고 우리는 서로의 집을 오가며 차 마시는 시간을 가졌다. 사우디아라비아에서는 남자 보호자 없이 여자가 외출하는 건 법에 저촉되므로 낮에는 수인처럼 집에서만 지내야 했다. 여자 셋이 차를 마시며 수다를 떨다 보면 세상에 무서운 게 없어지나 보다. 우리는 어느 날 여자들끼리의 외출을 계획했다. 8살 난 아들 둘을 남자 보호자라고 전사처럼 앞세우고 그 뒤로 딸의 손을 놓칠세라 꼭 잡고 아파트 뒷문을 빠져나가 걸어서 6, 7분 거리의 쇼핑몰을 찾아간 것이다. 그 폐쇄된 도시와 외출도 마음대로 못 하고 축 늘어져서 사는 삶에서 벗어나 한 번쯤 생동하는 여자가 되고 싶었나 보다. 그날 우리가 쇼핑한 건 남편 것도 아니고 애들 것도 아닌 우리 자신을 위한 이태리산 란제리였다. 인적 없는 뒷골목에서 야생 고양이만 만나도 놀란 가슴을 쓰다듬으며 외출했던 모험 길은 우리 여자들의 스트레스를 얼마간 풀어 주었다.

사우디아라비아의 추억을 뒤로하고 멜버른으로 이민 오게 된 나는 편한 주재원 부인의 신분 대신에 이민자 부인으로 바쁘게 살아야 했다. 친구의 소개로 들어간 구두 회사는 구두를 각 소매점에 배분하는 회사였다. 감독의 지시하에 구두를 백여 개 가까운 구두점에 배분하는 작업을 빨리 그리고 정확하게 해야만 했다. 감독은 그날 할 일의 할당량을 주어 우리를 달달 볶아 댔다. 그래도 차 마시는 시간이 있었기에 힘든 노동일을 견딜 수 있었는지 모른다. 쉬는 시간은 몸이 먼저 알려 준다. 우리는 휴게실로 가서 회사에서 준비해 놓은 커피에 비스킷을 먹으며 잠시 쉴 수 있었다. 호주 여자들과 함께 일해도 차 마시는 시간에는 딱 갈라져 앉는 건 그들이 웃을 때 함께 웃지 못하는 언어 장벽 때문이었을 거다.

함께 차 마시며 웃을 수 있는 한국 여자들이 있어서 참으로 다행이었다. 초록은 동색이라고 우리 테이블엔 가끔 중국인과 월남인이 함께 앉기도 했다. 모처럼 시내 구경을 나갔다가 길가의 선전용 매장에서 받은 대만의 우롱차는 고산에서 재배된다는 산의 기운을 받은 듯한 깊은 향 때문에 좋아서 마시게 되었다. 동그랗게 돌돌 말린 차에 뜨거운 물을 부으면 그 잎이 몇 배나 커지면서 무엇과도 비교할 수 없는 향이 우러나 세상 근심을 잊게 했다. 힘든 일을 하며 버는 돈으로 내가 할 수 있었던 유일한 사치는 고작 비싸고 품질 좋은 차를 마시는 일이었다.

나는 계속 차에 대한 추억에 빠져든다. 엄마는 날이 쌀쌀해지면 유자와 모과를 많이 사 왔다. 그걸 몇 번이나 씻은 후 잘게 썰어 설탕에 재운 뒤 차를 만들어 겨우내 마셨다. 부엌이 추우니까 따뜻한 안방에 여자들이 둘러앉아 차를 만들던 추억이 그립다. 그럴 때마다 엄마는 감상에 젖은 채로 우리에게 결혼한 후에도 겨울이 다가오면 엄마에게 배운 대로 유자나 모과차를 많이 만들어 두라고 말했다. 더는 엄마를 볼 수 없지만 내게는 지금도 모과처럼 은은한 향기로 기억된다. 어른들이 말하던 역마살이 내 팔자에도 끼었던 모양인지 10년이나 정들어 살던 멜버른을 떠나 시드니에 온 지 벌써 20년이 되어 간다. 숲 근처에 집을 장만한 덕에 철마다 피는 꽃을 즐길 수 있다. 계절마다 껍질을 벗는 검트리와 바람 따라 춤추는 잎새를 지켜보면서 차를 마시고 사색에 빠져들다 보면 세월이 너무 빠르게 흐르는 것 같았다.

나는 오늘도 혼자서 차를 마신다. 어떤 날은 혼자가 외로워서 "오차 데모 노미마쇼우까?"라고 은근하고 다정한 맛이 나는 일본어로 스스로에게 말을 걸어 본다. 그리고는 차를 마시며 시어머니와 시누이를 견뎌 냈던 옛 드라마 속의 새댁을 친구처럼 떠올린다. 인터넷도 없던 시대였기에 세계를 돌며 사귀었던 친구들과의 소식도 이제는 끊겼다. 그래도 소설 속의 친구는 아직도 남아 있다. 내가 젊었을 때 좋아했던 요시모토 바나나의 소설 『키친』에서 부모 없이 할머니와 살다가 20대에 할머니마저 잃게 된 주인공은 음식을 만들어 먹으며 외로움을 극복한다.

나는 음식 대신 차를 마시며 외로움을 극복해 왔다. 젊어서 혼자 차를 마실 때는 희망과 의욕으로 가득 차 있었다. 반세기가 지난 후인 지금은 '아무래도 괜찮아' 하는 마음으로 차를 마신다. 세월 따라 내 마음도 단단해져서 이제는 어디서 살든지 어느 경우를 당하든지 동요되지 않을 것 같다. 예전에 좋아했던 커피도 호우지차도 고산차도 받아 주지 못하는 몸이 되었지만, 노년의 엄마가 즐겨 마시던 유자차와 모과차는 마실 수 있어 그나마 다행이다. 이처럼 나는 모든 걸 순리대로 받아들이는 마음이 되어 가는 중이다.

✍ 양혜자

검은 황금이 주는 행복

산책 후 아침을 먹고 남편이 끓여 준 커피 한 잔을 받아 든다. 정성으로 빚어낸 그 향기로운 한잔이 행복한 하루를 열어 준다. 볶은 알커피를 갈아 종이 필터에 내린 커피의 향이 집안 가득 은은하게 풍긴다. 지금까지 부엌의 모든 일은 주부인 나의 몫이었는데 이제 슬금슬금 그 자리에 남편이 파고든다. 어느 때인가부터 손님이 와도 커피는 으레 그가 준비하는 것이 되었다. 그러나 아쉽게도 비염을 치료한다고 레이저 치료를 받은 이후 남편은 그 향기로운 커피 냄새를 잘 맡지 못한다. 오히려 대접받는 나는 커피 향과 함께 쌉쌀한 신맛을 음미하는데. 우리 부부는 반쯤 남은 커피잔을 들고 정원으로 나가 자연과 대화하면서 천천히 마신다.

패션프루트는 밤이슬을 만나 싱싱하게 자라고 있고 어린 오이는 밤사이 자라나 우리를 반긴다. 요즈음은 보라색 자카란다가 만들어 준 화사한 꽃길을 걸으며 잠시 황홀경에 빠진다. 그냥 지나치기 아까워 짧게 머무는 동안 커피 한 모금을 들이켠다. 뒷마당에 심어 놓은 호박이 힘차게 줄기를 뻗어 꽃도 피우더니 몇 개의 호박이 열렸다. 아기의 뽀송뽀송한 피부를 닮은 애호박이 얼마나 자랐나? 살펴보았더니 간밤에 누군가가 몰래 와서 야금야금 만찬을 즐기고 갔다. 이제는 호박이 될 암꽃도 아예 싹둑싹둑 잘라 먹으니 희망을 도둑맞은 기분이다. 포섬*이란 놈의 소행이 틀림없다고 짐작되나 밤에 불침번을 설 수도 없어 그냥 우리 몫도 좀 남겨 달라고 부탁하는 수밖에 없다. 아침 식사 후의 커피 한 잔. 이는 요즈음 내가 누리는 행복 중 하나이다. 커피의 쌉쌀한 맛이 좋고 함께하는 동반자가 있어 더 좋다.

이렇게 커피 맛을 즐기게 된 것은 그리 오래되지 않았다. 십여 년 전 남편이 은퇴 후 봉사하러 간 곳이 에티오피아. 커피의 본고장인 그곳에서 함께 몇 년을 살다 보니 자연스럽게 친숙해졌다. 이웃집에서 아침저녁으로 쿵쿵 방아 찧는 소리가 들렸다. 이상하다고 생각했으나 그것이 바로 볶은 커피를 절구에 넣고 빻는 소리임을 한참이나 지나고 나서야 알게 되었다. 이처럼 이들은 매일 아침저녁으로 생두를 직접 볶고, 빻고, 끓여서 마시고 있었다. 그래서 빵과 함께 먹는 아침 식사를 일컬어 "커피를 마신다"라고 하기까지 했다. "커피를 마셔라"라는 말은 바로 커피를 마시기 위해 만나자는 뜻이고 "커피를 함께 마실 사람이 없어"라는 뜻은 모든 것을 털어놓고 얘기할 친구가 없다는 뜻으로 사용된다고 한다. 우리도 함께 만나 교제하기를 원하면 "밥 한 끼 같이 먹자"라고 얘기하듯이 이들에게는 바로 커피가 밥인 셈이다. 이렇듯 커피는 서민들의 삶 깊숙이 스며들어 일상화가 되어 있었다. 그들이 마시는 첫 번째 잔은 우정을, 두 번째 잔은 평화를, 세 번째 잔은 축복을 의미한다는 깊은 뜻도 알게 되었다.

그곳은 우리의 명절날과 같이 특별한 날과 손님이 올 때 커피 세리머니를 즐긴다. 먼저 가장인 남자가 들풀을 한가득 베어 와서 돗자리를 펴듯이 마당 한 편을 고루 덮는다. 풀 향기의 풋풋한 냄새가 싱그럽다. 그 위에 숯불이 담긴 화로, 절구, 주전자, 다기 세트 등 한 살림 가득 차려 놓는다.

전통 복장으로 예쁘게 차려입은 주인이 자리를 잡고 앉아, 둘러앉은 손님들에게 먼저 인사를 하고 생두를 볶는다. 볶는 도중 연기를 손님 쪽으로 날려 보내는데 그 향기에 모두가 매료된다. 아주 까맣게 탈 때까지 볶는데 볶은 커피는 기름기가 배어 나와 윤기가 나서 보석같이 반짝인다. 이 나라의 수출 1위가 커피이니 저들은 커피를 일컬어 "검은 황금"이라 부른단다. 커피를 절구에 넣고 찧은 후 토기 주전자에 물과 함께 화롯불에서 팔팔 끓인다. 커피가 우러나면 우리나라의 소주잔만 한 작은 찻잔에 짙은 에스프레소 커피를 넘치도록 부어 준다. 이것이 저들의 정이고 따뜻한 인심이다.

다시 물을 넣고 두 번째 우려내어 한 순배 더 돌리고 세 번째까지 우려내서 마신다. 저들은 진한 커피에 설탕을 듬뿍 넣어 마시는데 커피를 마시는 도중 팝콘도 함께 먹는다. 진하고 쓴 커피와 고소한 팝콘 맛이 잘 어우러진다. 보통 세 번째 우린 커피는 맛이 순하므로 가정에서는 자녀들과 함께 나눈다고 한다. 삶이 녹록하지 않은 사람들조차 세끼를 다 챙기기 힘들어도 커피는 빠트리지 않고 마신다고 했다.

세계인이 사랑하는 커피가 최초로 에티오피아에서 비롯되었다니 저들의 커피 사랑과 자부심은 대단한 것 같다. 이야기인즉슨 어느 날 칼디라는 목동이 카파라는 지역에서 빨간 열매를 따 먹고 흥분하여 춤추는 염소를 목격한다. 그 예사롭지 않은 열매를 마을의 원로들에게 알렸고 처음으로 그것을 맛본 수도승들이 사람을 흥분시키기도 하고 잠도 오지 않게 하는 커피를 악마의 소행이라 생각하여 불에 던졌단다. 그런데 그 향이 좋아 그 후 잠을 쫓고 기도와 명상에 집중할 수 있게 돕는 커피를 오히려 저들이 더 애용했다고 한다. 커피와 불이 만들어 낸 오묘한 맛, 그것이 바로 커피의 매력인 모양이다.

이후 한국에 돌아온 우리는 볶은 알 커피를 갈아 우려서 마시기 시작했다. 그러던 중 남편과 의기투합하여 제주도 올레길을 걷기 위해 짐을 꾸렸다. 배낭 속에 볶은 알 커피, 커피 가는 수동식 기계, 필터 종이를 챙겨 넣었다. 제주도 왕복 비행과 공항에서 올레길 오고 가는 길 외에는 모두 걸어서 다니기로 하고 신발 끈을 단단히 묶었다. 올레길을 매일 한 코스씩 걷는 일 주간의 여행이었고 하루 5~6시간을 걷는 고된 도보 여행 길에 커피는 우리와 늘 함께하였다. 용암의 시뻘건 불덩이가 바닷물과 만나 서서히 굳어졌을 해안은 하나도 똑같은 데가 없이 다양하고 신비로웠다. 그때 마셨던 커피는 아름다운 풍광과 함께 기억에 오래 남았다.

몇 차례 유럽 여행길에서도 우리는 커피 세트를 잊지 않고 우리의 분신처럼 지니고 다녔다. 남편과 둘이서 하는 자유 여행이라 시간에 구속당하지 않고 발길이 닿는 대로 걷다가 잠시 앉아 쉴 때 보온병에 한가득 담아 온 커피를 홀짝홀짝 마시며 피곤을 풀었다. 낯선 이국땅에서 커피는 우리의 좋은 친구가 되어 주었다. 여행 동안 유럽의 위대한 문화유산, 특히 미켈란젤로와 가우디의 작품 속에 빠져들었던 것처럼 나의 커피 사랑도 깊이를 더해 갔다.

몇 년 전 거의 20년을 살았던 포항을 떠나 호주로 올 즈음 부산에서부터 해안선을 따라 통일전망대까지 이어지는 '해파랑'이란 생태길이 완성되었다. 시간이 여의치 않아 가 보고 못하고 떠나왔는데

다음에 기회가 되면 한번 찾아가 보리라. 동해의 푸른 바다에 떠 있는 오징어 배를 바라보고 파도가 만들어 놓은 기암절벽에 앉아 쉬기도 하며 싱싱한 회도 맛볼 것이다. 설악산에도 가 보고 오색 약수터에도 걸어서 가 보리라. 그때 도보 여행길에 나의 친구 커피를 꼭 데려갈 것이다.

벌써 "검은 황금" 냄새가 나는 듯해 눈을 지그시 감는다. 십여 년 전 에티오피아의 커피 의식이 떠오르고 나는 다시 그 냄새에 취한다. 커피 속에 담긴 아름다운 의미인 우정과 평화와 축복이 내 마음 속에 잔잔히 흐른다.

✍ 배명희

* 포섬(Possum): 주머니쥐

나무 엄마를 그리며

바누아투 도착 며칠 후 대통령 관저의 파티에 초대받았다. 거기서 프랑스 대사관에 근무하는 일등 서기관 부부를 만났는데 그 부인은 외로웠던 차에 같은 한국인이 온다는 소식을 듣고 며칠을 설레며 기다렸다고 우리를 반겨 주었다. 이색적인 미모가 인상적인 그녀는 한국인이라기보다는 오히려 태국인에 가까워 보였다. 자그마한 체구에 까무잡잡한 피부가 매력적이었고 멋졌다. 그러나 처음 본 순간부터 그녀에게서 무언가 안쓰럽고 신비로우면서 어두운 분위기가 느껴지기도 했다.

남편은 키도 크고 잘생긴 러시아 출신 프랑스 대사관 일등 서기관이었다. 그들에게는 7살 된 사내아이가 있었다. 그녀는 아들을 나무라고 불렀는데 나무처럼 바르고 곧게 자라기를 바라며 지은 한국 이름이라고 스스로 자랑스러워했다. 다행히 남편 또한 부르기도 좋고 뜻도 좋아 흔쾌히 그 이름에 동의하였다고 했다.

우리는 아이들을 영국계 학교보다 프랑스 학교로 보내고 싶었지만 그 학교는 자국의 외교관 자녀들을 위한 것이므로 우리 아이들을 받을 수 없다고 거절당했다. 다행히 나무 아빠의 보증과 도움으로 우리 아이들이 프랑스 학교에 입학할 수 있었던 일은 그 가족과 더 친해지는 계기가 되었다. 그때부터 나의 주요 일과도 바뀌었다. 하루에 네 차례 집과 학교를 왕복하여 아이들을 실어 나르는 일이었다. 아침에 아이들을 학교로 태워다 준 뒤 점심시간과 시에스타 때마다 집으로 데려오고 그 시간이 지나면 다시 학교로 데려다주어야 했다.

불어를 배워 본 적이 없는 우리는 아무런 도움을 줄 수 없어서 가슴을 태웠다. 딸은 6개월 동안 학교에서 한마디도 입을 떼지 않고 열심히 듣기만 해서 선생님이 걱정할 정도였다. 하지만 6개월 후 한꺼번에 말문이 트이면서 학교 성적도 프랑스 아이들을 능가했다. 딸애는 완벽한 불어 발음과 표현력으로 하고 싶은 모든 말을 완벽하게 구사했다. 이 일로 모든 외교가의 주재원들 사이에 한동안 큰 화제가 되었고 우리 가족은 학부모 사이에 부러움의 대상이 되었다.

그러는 동안 나는 아침마다 외교관·주재원 부인들과 여러 가지

여가 활동을 즐기고 있었다. 월요일은 크로쉐 그룹, 화요일은 마작 그룹, 수요일과 목요일은 그 부인들과의 티 타임 그리고 금요일은 아트 그룹 등으로 하루도 쉬는 날이 없었다. 내가 여러 번 나무 엄마를 설득했으나 불어와 영어를 제법 구사하는 나무 엄마는 어떤 모임에도 참석하지 않았다. 그런 그녀가 안타까울 뿐 나로서는 어쩔 도리가 없었다. 나무와 딸아이의 친구들은 하교 후에 우리 집 정원과 연결된 바닷가에서 잘 어울려 놀았고 바다에서 수영도 같이 즐겨 나무 엄마와는 더 가까워졌다.

나무네 집에는 상주하는 요리사가 있어서 자주 점심 식사에 초대해 주곤 했는데, 그 덕분에 나는 나무 엄마와 오후 시간을 보내는 일이 잦았다. 그러던 어느 날 그녀가 갑자기 내게 물었다.

"내가 사주팔자를 아주 잘 보는데 한번 봐 드릴까요?"

"그러죠, 뭐."

나는 덤덤하게 대답했지만 뜻밖의 질문이라 내심 의아하고 당혹스러웠다. 젊고 행복하며 현대 감각이 물씬 풍기는 나무 엄마에게서 나올 말은 아닌 것 같아서였다. 그녀가 내 생일을 물어보더니 무슨 책을 가져와서 한참을 뒤적였다.

"어머나 너무 신기해요. 저와 똑같이 아주 좋아요"

그녀가 활짝 웃으며 말했다. 그 모습이 어쩐지 나를 그녀 자신과 동일시하며 위안으로 삼는 것 같아 도리어 가련해 보였다. 무언가에 의지하여 위로받고자 하는 연약한 여인의 몸부림처럼 느껴져서 마음이 아파 오기도 했다.

사실 항상 검은색의 스타일리시한 옷을 입었던 나무 엄마에게 어두운 그림자가 드리워 보여서 안타까웠다. 유토피아에서 성품 좋고 매너 있는 남편에, 그 사이에 둔 아들까지. 남 부럽지 않을 만한 위치에 있는 나무 엄마가 마음을 못 잡고 안절부절못하는 모습이 때로는 걱정되기도 했다.

그래도 나와 만나 친해지면서 그런대로 안정된 모습을 보여 주어서 다행이라는 생각이 들 무렵 나무 아빠는 3년간의 임무를 마치고 새로운 부임지인 일본으로 발령을 받아 떠나게 되었다. 나무 엄마는 남편이 센강가 좋은 곳에 큰 아파트를 소유하고 있으니 언제든지 연락하고 와서 마음대로 묵으면서 놀다 가라고 했다. 그렇게 작별 인사를 마치고 홀연히 내 곁을 떠나갔다.

떠난 지 오래지 않아 엄청난 뉴스를 전해 들었다. 일본 주재의 대사관 임기 재직 중에 나무 아빠의 건강이 갑자기 나빠져서 프랑스로 돌아가 치료를 받던 중 갑자기 사망했다는 소식이었다. 미래가 창창하고 유능한 엘리트가 하루아침에 고인이 되었다는 소식에 모든 사람이 마음 아파하며 안타까워했다. 내게도 너무 충격적인 뉴스여서 나는 혼자 남은 나무 엄마를 걱정하며 한동안 일손을 놓고 멍하게 지냈다.

이런 날을 예견하기라도 한 것처럼 나무 엄마는 사주팔자에 집착하고 늘 초조해하며 불안에 떨고 있었던 걸가? 그녀 걱정을 하던 중에 더 기막힌 소식이 들려왔다. 나무 엄마가 충격에 빠져 제정신을 놓아 버리고 정신병원에 입원했다는 것이다. 병원에서도 남편만 찾으며 심한 정신착란으로 고생하다가 어린 아들을 홀로 남겨둔 채 자살로 생을 마감했다는 소식이었다.

두 사람은 나무 아빠가 한국주재 프랑스 대사관에 근무하던 시절 호텔 바에서 만나 결혼에 골인하였다고 했다. 고생스럽고 순탄하지 못한 생활로 방황하던 나무 엄마는 나무 아빠를 만나 신데렐라가 되었다. 그러나 준외교관이라고도 하는 외교관의 부인에게는 감당해야 할 일이 산더미였다. 각양각색의 사람들을 만나야 했고 그들 수준에 맞는 대화를 이어 갈 수 있어야 했다. 예의와 격식에 따라 생활하면서 항상 사람들의 주목을 받고 살아가야 했을 테니, 그런 직업에 아직 준비가 되지 않은 나무 엄마에겐 너무 큰 스트레스였을지도 모른다. 아들까지 낳고 바쁜 생활에도 익숙해져 행복에 젖어들 무렵에 비극이 찾아와 버리다니. 그녀로서는 견디지 못하고 정신을 놓을 수밖에 없었을 것이다. 나는 현대판 신데렐라의 어두운 결말을 본 것 같은 씁쓸함을 느꼈다.

"당신의 운명은 운이 아니라 당신의 선택에 의해 결정되는 것이다"라는 니체의 말을 생각할 때면 나도 모르게 나무 엄마를 떠올리고 만다. 만약 그녀가 운명의 손에 자신을 맡기지 않았다면, 생의 주도권을 쥐고 스스로 개척해 나갈 의지를 갖추었더라면 좀 더 다른 선택을 할 수 있지 않았을까 해서. 그러나 그녀의 입장이 되어 보지 않고 무슨 말을 할 수 있단 말인가? 지금도 나무 엄마는 내 가슴에 아픔으로 남아 있다.

혼자 남겨진 어린 아들을 가엾게 여기는 아빠 엄마의 영혼이 하늘에서도 아들을 위해 기도하고 있으리라.

나무야, 부모의 염원대로 곧고 튼튼하게 잘 자라서 크고 자랑스러운 거목이 되어다오!

✍ 김수영

4. 우리는 찐 한국종

성북동 집 김장 날

두 딸 가족의 시드니 방문 날짜가 정해지면서 내가 준비해야 할 일들의 목록을 대충 정리해 보았다. 목록 중 하나에 김치 준비가 들어 있었다. 이 두 딸은 한국이 아닌 외국에서 살기에 김치가 그리울 건 당연했다. 특히 엄마의 다정한 손길이 담긴 김치는 더욱더 그리울 것 같았다. 이런 생각에 다다르자 문득 내가 어릴 적 한국에서 경험했던 늦가을 김장김치가 떠올랐다. 김장은 우리 가족 연례행사 중 하나였고 동네 아낙네들과의 말 잔칫날이었다. 무엇보다도 이날 만큼은 엄마가 자유부인이 되어 귀머거리나 벙어리 행세로부터 풀려날 수 있었던 특별한 날이었다.

엄마는 시집온 후로부터 오로지 시부모 공경만이 그녀의 소명인

듯 얌전하게 살 수밖에 없었던 삶에 길들여 있었다. 엄마의 시부모님, 즉 내 조부모님은 인정 많고 너그러웠으나 해야 할 일과 해서는 안 될 일에 구분이 엄격했다. 조선 시대가 지나도 한참 지난 시절이었건만 여자는 여자다워야 한다는 말을 자주 들었다. 너무 오래된 일이라 기억은 선명치 않아도 내 조부모님께서 돌아가실 때까지의 엄마의 삶과 흡사한 삶의 모습을 한국 드라마에서 가끔 보아 왔다.

내가 태어나서 중학생 때까지 성북동의 방이 대여섯 되는 한옥집에서 살았다. 긴 골목 끝에 자리한 집이라 사람들은 우리 집을 막다른 골목 집이라 불렀다. 집 뒤는 바로 숲으로 이어져 있어 비 오는 날이면 뒤곁에 음산한 기운이 돌아 혼자서 방 밖으로 선뜻 나서지를 못하고 주저하던 일이 생각난다. 다행히도 거대한 장독대가 뒷마당 한쪽에 버티고 있었고 그 위에 크고 작은 많은 항아리와 독들이 눈을 부릅뜨고 있었다. 그렇지만 우리 집을 지켜 주는 장승의 모습으로 줄줄이 앉아 있어 마음에 위안이 되었다.

"여자가 집 밖으로 나돌면 안 된다"라는 조부모님의 지엄한 가훈 아래 엄마는 집 밖 사정을 알면 안 되는 사람이었다. 이런 엄마의 숨통을 터 준 행사가 바로 이웃 아낙네들과 김장김치 담그기였다. 김장 전날 엄마는 우리 집 일을 거들며 함께 사는 도우미 언니와 함께 얼추 백여 포기가 넘는 배추를 김장 날 전에 소금에 잘 절여 놓았다.

이윽고 김장 날엔 그동안 비밀스레 잠겨 있던 우리 집 대문의 묵

직한 빗장이 열리면서 동네 아낙네들이 모이기 시작했다. 그들은 우리 집 가까이 살고 있던 당숙모가 몰고 온 '아줌마 부대'였던 것이다. 여자들이 김치를 담그러 온 것인지, 그간 가슴 속에 잔뜩 담아 두었던 동네 소문들을 터뜨리러 온 것인지 어린 나는 아리송했다. 그날의 작업 목적 같은 건 안중에도 없어 보였으니 말이다.

한쪽에선 잘 절여진 배추들을 깨끗이 씻어 내고 다른 한쪽에선 희멀겋게 살 오른 무들을 썰기 시작했다. 고르게 썰어진 무채에 온갖 양념을 넣고 벌건 고춧가루를 죽죽 뿌려 버무리는 모습은 가히 환상적이었다. 지금 생각해 보면 그 모습은 마치 한 편의 행위 예술을 보는 듯했다. 급조한 안무에 맞추어 어깨를 신명 나게 들썩이며 춤추는 어느 무희의 모습과도 같았다. 어깨에 무리가 되는지 가끔 어깨를 두드려 가며 열심히 배춧속을 버무리던 한 아주머니가 엄마 귀로 바싹 다가서더니 귓속말로 뭐라 속삭였다. 엄마는 무조건 고개를 끄덕였다. 나도 놓칠세라 귀를 쫑긋했다.

"아니 글쎄 새댁 앞집 노총각이 이번에도 또 고시에 낙방했다나 봐. 노모님 속 타는 소리 여기서도 들리겠네, 쯧쯧."

그 아주머니는 엄마가 시집올 때부터 알고 있어 그때까지도 엄마를 새댁으로 불렀다.

곧이어 우리 집 앞 개천 건너편 차관집 얘기도 나왔다. 우리 집 앞에는 개천이 흐르고 있었고 개천 건너편에는 제법 큰 양옥집이 있었는데 사람들은 그 집을 차관 집 혹은 차관 댁으로 불렀다.

"저 개천 건너 차관 집 사람들은 김치도 안 먹는지 김장도 안 하나 봐. 드나드는 사람도 잘 못 보겠고 문은 항상 닫혀 있으니 말이야."

이렇듯 아줌마들의 쉼 없이 흘러나오는 이야기들은 꽤나 힘들 법한 김장 작업을 즐거움으로 둔갑시키는 마력이 있었다. 웃기는 얘기에 박장대소를 하다가도 이웃이 슬픈 일을 당한 얘기가 나오면 눈시울을 붉히거나 눈물을 글썽거리기까지 하며 소매로 눈물을 훔치는 여자들도 있었다.

어느새 벌겋게 고루고루 잘 버무려진 속은 절인 배춧잎 켜켜이 꼭꼭 숨듯이 들어가 채워지고 속이 채워진 포기들은 곧 대형 스텐 함지박으로 옮겨졌다. 차곡차곡 질서 있게 엎드려 있던 큰 함지박 안의 김장배추들은 잠시 후 속 깊은 항아리로 다시 옮겨졌다. 그곳이 그들의 마지막 정착지가 되었다. 배추들은 그곳에서 땅속의 온기와 함께 한겨울을 보내며 자연스럽게 발효되어 독특한 맛의 김장김치로 우리 가족 모두를 행복하게 해 주었다.

뭐니 뭐니 해도 우리 집 김장에서 정점이라면 보쌈과 함께 토란국을 준비하는 것이었다. 이 마지막 관문은 배추 포기마다 속을 다 채우기 전에 미리 옆으로 제쳐 놓은 푸짐한 속에다 싱싱한 생굴을 듬뿍 넣어 만든 보쌈 속이다. 수육과 함께 먹는 보쌈이야말로 그날의 하이라이트였다. 난 아직도 이 장면을 생각하면 군침이 돈다. 큰 들통에서는 구수한 된장 냄새를 피우며 토란국이 펄펄 끓고 있었고, 큰 솥에서 벌써부터 끓고 있던 수육 냄새는 없던 허기를 갑작스레 불러들였다. 여자들은 오늘의 행사가 끝나고 있음을 아쉬워했고 큼직큼직하게 싼 보쌈을 하나하나씩 입 속으로 들이밀 때도 이야기는 끊이지 않았다.

이렇게 엄마는 늦가을 김장 덕에 온종일 자유의 몸이 되어 집 바깥세상 얘기들을 듣게 되고 동네 아줌마들과도 더 가까워지며 진정으로 사람 사는 맛을 체험했던 것 같다. 어쩌다 김장 얘기가 나오면 김장 날 엄마의 환한 미소를 난 아직도 잊지 못한다. 김장 날 동네 아줌마들과 소곤소곤 얘기하며 활짝 웃던 엄마의 모습이 아직도 눈앞에 어른거린다.

반세기에 몇십 년을 더 보탠 긴 세월이 흘러간 지금 서울은 알아볼 수 없도록 바뀌었고 내가 살던 성북동 집 앞 개천은 콘크리트가 깔려 양옆으로 확 뚫린 대로가 되었다. 참으로 많이 바뀐 세상, 시집살이라는 말이 사라져 가는 지금 세상으로 엄마를 다시 모셔 오고 싶다. 내 딸들이 곧 오니 같이 김치를 담그자고 졸라야겠다. 엄마의 손맛과 내 손맛이 어우러진 김치를, 지금은 땅속 항아리가 아닌 김치냉장고에 담아 놓고 우리 아들딸 가족과 같이 즐기는 상상도 해보았다. 난 김치 담그는 데 자신이 없어 김치 담글 때면 이렇듯 늘 엄마가 생각난다.

영국 태생인 둘째 사위가 젤 좋아하는 음식은 김치찌개와 김치전이다. 언젠가는 덜 신 김치로 김치전을 만들어 주었더니 머리를 약간 갸우뚱하고는 제대로 된 김치전 맛이 아니라고 해서 나를 깜짝 놀라게 만든 적이 있었다. 김치전의 진정한 맛을 아는 서양 사위의 기막힌 김치 맛 감별력 앞에서 늘 긴장해야만 하는 한국 장모. K-김치의 국제적 위상에 누를 끼치는 일은 없어야 하기에 난 아직도 친정 엄마의 김장 날이 눈물겹게 그립다. 왜 그때 좀 더 배워 두지 못했을까 하는 회한과 함께.

내 뇌리에서 좀처럼 벗어나지 못할 엄마의 김장김치가 가끔 그리워진다. 김치를 먹을 때 김장 날 엄마가 누렸을 감미로운 자유의 맛도 함께 누리고 싶다는 생각도 든다. 그 맛에 담긴 엄마만의 짜릿하도록 소중한 그 무엇이 아직도 나의 혀와 가슴을 뭉클하게 만드는 듯하다.

✍ 심무경

음식에 대한 소고

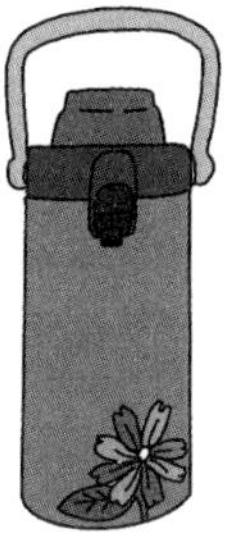

우리나라 속담에 "금강산도 식후경이다"라는 말이 있다.

나는 음식 하면 돌아가신 친정아버지에 대한 추억이 떠오른다. 어렸을 때는 왜 그렇게 먹고 싶은 것이 많은지 어머니에게 늘 사 달라고 졸라 댔다. 4남매를 키우시느라 어려운 살림에 막내딸이 징징거려도 사 주지 못하는 어머니의 심정이 지금은 이해가 간다. 한편 아버지께서는 내가 음식이나 간식을 사 달라고 할 때면 "몸에 영양분이 부족해서 먹고 싶은 것이다"라고 하시며 언제든지 사 주셨다. 아버지의 자녀 사랑에 지금도 감사하며 마음이 훈훈하다.

대학교 다닐 때였나. 친구가 실연을 당해 울고불고했던 적이 있다. 너무 괴로워하는 친구를 보고 이러다가 죽는 건 아닌지 걱정했을 지경이었다. 어떤 도움도 줄 수도 없는 상황에서 나는 "음식은 가장 원시적인 형태의 위안거리다"라는 쉴라 그레이엄(Sheilah Graham)의 말을 불현듯 떠올렸다. 그래서 실연당한 친구보고 "맛있는 거 먹으러 가자"라고 하였더니 친구가 "너 미쳤니?"라며 질색했다. 친구는 아무것도 먹고 싶어 하지 않았지만, 나는 그래도 같이 가자며 거의 강요하다시피 친구를 식당으로 데리고 갔다. 다행히도 맛있는 음식을 먹고 난 친구는 어느 정도 진정된 것처럼 보였다. 친구는 "덕분에 기분이 좀 좋아졌다"라며 고마워했다. 나는 새삼 열 마디 위로의 말보다 맛있는 음식 하나가 강력하다는 것을 깨닫게 되었고, 그 이후 슬프고 괴로울 때면 맛있는 음식을 먹으려 하고 있다. 일차원적인 방법이긴 하지만 긴장감을 해소하는 데 꽤 효과가 있다는 것을 경험으로 알고 있기 때문이다.

나는 학생 때 정신과 병동 실습을 나간 것을 잊지 못할 기억으로 남겨 두고 있다. 당시 만난 남성 환자는 알코올 중독과 아울러 조현병으로 환시에 시달리고 있었다. 점심을 배식하였는데 환자는 음식상을 앞에 두고 자기의 팔 위에 무언가가 있는 것처럼 때려잡는 행위를 하였다.

"이 벌레들을 떼어 줘! 이 벌레들을 죽여 줘!"

"벌레가 어딨어?"

"벌레가 없다는 그런 헛소리는 하지 말아요. 벌레들이 내 팔에 기어오르고 있어!"

환자는 그렇게 말하면서 모든 음식을 비우기 시작했다. 그리고 나서는 언제 벌레 이야기를 했느냐는 태도로 빈 반상기를 병실 밖으로 내놓았다. 나는 그때 음식이 환시에 시달리는 이 환자에게 조금은 도움이 되었다는 걸 느낄 수 있었다.

문득 남편과의 첫 데이트가 생각났다. 그가 내게 저녁을 먹었느냐고 물었던 적이 있다. 나는 그가 무언가 준비한 모양이다 싶어 먹지 않았다고 대답했는데, 그는 고개만 끄덕일 뿐 저녁을 사 주지 않았다. 난 그것이 어리둥절한 한편, 배가 고프니까 데이트로 들떴던 마음이 사라지고 은근히 화가 나기 시작했다. 그런데 그가 헤어질 때 하는 말이 "다음에 만날 때는 꼭 맛있는 저녁을 사 주겠다"라는 것이 아닌가. 나는 속으로 억울해서 저녁 한 번 먹고 다시는 만나지 않겠다 마음먹었다. 두 번째 만남에서 그는 광화문의 근사한 경양식집으로 나를 데려가 당시 인기 있던 전기구이 통닭과 맥주를 사 주었다. 그러면서 첫 번째 만남 때 저녁을 사 주지 못했던 이유는 나와 무척 만나고 싶었지만 수중에 돈이 없어서 그랬다고 말했다. 결국 나는 푸짐한 저녁과 그의 진실한 고백에 마음이 끌려 결혼까지 이르게 되었다. 지금 생각하면 우습기도 하지만 "음식에 대한 사랑보다 더 진실한 사랑은 없다(There is no love sincerer than the love of food)"라는 조지 버나드 쇼(George Bernard Shaw)의 말을 나는 믿는다.

가까운 지인이 50세가 되기도 전에 위암 말기 판정을 받았다. 그 충격이란 본인은 물론이고 주위 사람들에게도 컸다. 나는 매주 방문하러 갈 때마다 먹고 싶은 것이 무엇인가 물어보고 원하는 것을 가지고 갔다. 어느 날은 고춧가루를 살짝 뿌려 매콤한 황태 콩나물국을 마호병에 넣어 가지고 가서 "국이 약간 매운데 위장에 괜찮을까?" 하니, 지인이 "항암 치료로 입맛을 잃어버려 매운맛이 당길 것 같다"라고 대답해 주어 서로 마주 보고 웃은 적이 있다. 암의 고통에서도 먹고 싶은 것을 먹으면 어느 정도 위안이 될 수 있다는 걸 그때 알게 되었다.

흔히 가정에서 일어나는 일로, 온 가족이 외식하자고 결정하였지만 서로 먹고 싶은 음식이 다를 때가 있다. 자녀는 피자를 먹고 싶고, 남편은 햄버거, 아내는 불고기를 먹고 싶어 한다. 이 모든 음식이 동시에 나오는 음식점은 없다. 부모의 강권으로 서로 원하지 않는 음식을 배우자나 자녀에게 먹도록 할 것인가? 아니면 우습지만 각자 좋아하는 음식을 먹고 다시 만날 것인가?

외국의 명언을 들자면 "당신이 국가를 위해서 무엇을 할 수 있는지 묻지 말라. 점심이 무엇인지 물으라."(오슨 웰스), "새로운 요리의 발견이 새로운 별의 발견보다 인간을 더 행복하게 만든다"(브리야사바랭) 등 음식을 먹는 기쁨은 하찮은 기쁨이 아니다.

누구나 살아가면서 한 번쯤은 우리는 왜 사는 것일까, 살기 위해 먹는 것인가? 아니면 먹기 위해 사는 것인가? 라는 질문으로 토론을 해 보았을 것이다. 대부분 사람은 의식적으로 혹은 체면 때문에 "살기 위해 먹는 것이다"라고 해야만 참된 인생을 산다고 생각한다. 몰리에르(Molière) 역시 "인간은 먹기 위해 사는 것이 아니라, 살기 위해 먹어야 한다"라고 말하지 않았던가?

만일 유대인에게 "인생의 목적은 무엇이라고 생각하나?"라고 묻는다면 "인생의 목적은 맛있는 음식을 마음껏 먹는 일이다"라는 답이 반드시 올 것이다. 이어서 "인간은 무엇 때문에 일하는 것일까?" 거듭 물어보면 그들은 "인간은 먹기 위해 일하는 것이다"라고 대답할 것이다. 유대인들은 만찬을 두 시간에 걸쳐 천천히 즐긴다고 한다. 먹는 일이야말로 인생의 목적이므로 5분이나 10분 안에 인생의 목적을 입 속에 퍼 넣는 일은 절대로 하지 않는다.

행복하고 즐거운 인생을 꿈꾸지 않는 사람은 없을 것이다. 맛있는 음식을 먹는 시간은 누구나 행복하다. 좋아하는 음식을 먹으면서 불행하다고 느끼는 사람은 거의 없을 테니까. 고향을 떠나 외국에 살게 되었을 때 김치가 그리워서 우는 한국 사람을 여럿 보았다. 가까운 집 근처에 맛있는 음식점이 있다는 것은 그곳에 사는 주민들에게는 행운이다. 맛있는 음식을 사랑하는 사람과 나누고 천천히 누리면서 인생의 목적을 달성하듯 행복한 인생을 즐겨야겠다.

"인생에서 성공의 비밀 중의 하나는 당신이 좋아하는 것을 먹는 것이다"(마크 트웨인)라는 말처럼 말이다.

✍ 김정인

미역국 고문

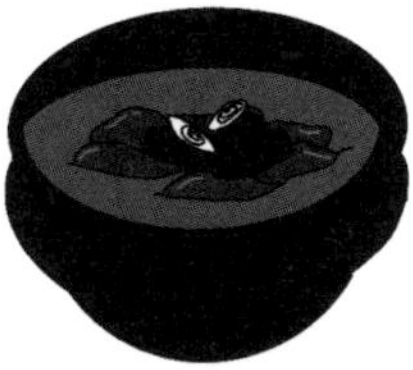

"내가 왜 시어머니 생일에 미역국을 끓여야 되냐고? 말도 안 돼."

"미역국은 원래 생일 임자의 엄마가 먹는 거 아냐?"

수필 방에서 젊은 엄마들끼리 뜨거운 논쟁이 벌어지고 있었다.

그러거나 말거나 미역국이라! 내가 살던 해운대 마린시티에 명품 미역국이 브랜드로 들어섰다. 참기름으로 미역 박박 볶다 가자미나 전복, 조개, 소고기 숭덩숭덩 썰어 넣어 끓인 보얀 미역국은 부산, 아니 대한민국의 명물이 되었다. 해운대 오는 손님들이 한 뚝배기 받아 들고 행복해하는 그 표정들 또한 명품이다. 해장국으로 남편들이 얼마나 좋아하는지 대한민국 아빠들 젖 나오게 생겼다고 아우성이다.

임신한 고래가 미역을 뜯어 먹는 것을 보고 미역이 좋다는 것을 알기 시작했다지. 우리 선조들 정말 기발도 하시다. 이 몸도 미역국 하면 신혼 초로 돌아간다. 유학 가긴 전 대학원생 남편 덕인지, 탓인지, 어쨌든 잠깐 시부모님께 붙어살았다. 그 덕에 첫아이를 가졌고 시어머니께서 수발해 주고 싶어 하셨다. 나는 친정으로 가는 걸 포기하고 시어머니의 사랑을 받기로 했다.

2월이 산달이어서 아파트였는데도 춥다고 거실 식탁에 나오는 것은 금지. 도리반상에 뚝배기 미역국 한가득, 그것도 생계란 하나씩 톡 깨서 참기름 듬뿍 부어 하루 세끼를 넣어 주셨다.

"찬바람 쐬지 말고 잘 먹고 흠뻑 땀 빼야지 젖이 돌아."

젖이 안 돈다며 새참까지 하루 5끼를 먹이려는 어머님의 정성이 나에겐 '미역국 고문' 수준이었다. 쉿! 하늘나라서 이 소리 들으면 건방 떠는 며느리 혼내러 쫓아오실지도 모르겠다.

"어머님, 못 들은 걸로 해 주이소. 죄송합니다요. 흐흐."

결국 애꿎은 남편이 모르모트가 되었다. 나는 남편에게 미역국의 반 이상을 흡입시킨 후 몇 술 뜨는 둥 마는 둥 상을 내놓곤 했다. 그랬으면 미역국 사육시킨 남편이라도 젖이 나와야 하거늘. 나도 남편도 젖 소식은 천만의 말씀이었다. 얼마를 지나도 모유가 돌지 않자 칭얼대는 아이에게 모자란 모유 대신 우유를 먹일 수밖에 없었다. 나는 참 참을성 없는 엄마였다.

첫아이가 6개월 무렵 우리는 하와이로 유학을 떠났다. 지금처럼 외국에 한국 음식이 흔할 때가 아니었다. 그곳에서 외식할 때 먹는 미역국은 우리에겐 특별한 날에만 맛볼 수 있는 호사였다.

남편의 연구조교 비용으로 살아가던 우리에게 외식은 특별한 날 아니면 할 수 없었다. 생일날이나 몸이 아플 때마다 나는 미역국을 먹었다. 왜 지금처럼 소고기나 조개를 숭덩숭덩 썰어 넣고 미역 가닥 뽀독뽀독 씻어 보글보글 끓여 먹을 줄 몰랐었는지. 사 먹을 줄만 알았던 참 철딱서니 없던 시절이었다.

그렇게 몇 년 지나 둘째를 가지게 되었다. 여차여차해서 몸이 시원찮은 데다 열대성 더위에 입덧이 심했던 나는 물 한 모금만 마셔도 다 토해 낼 정도로 부실한 산모였다. 병원에서 배 속의 아기가 영양실조라고 의사의 주의를 받은 날 공교롭게도 사산이 되고 말았다. 곧 입원을 하게 되었는데 참 희한한 몸의 반응이었다. 수술을 하고 누워 있으려니 미역국만 눈앞에 가물거리는 거였다. 병실 천정과 창문은 물론 심지어는 눈을 감아도 미역 가닥만 보였다.

사산을 했어도 출산을 한 거나 다름없다던 두렵고 슬픈 말이 생각났다. 회복실에 온 남편에게 미역국을 사다 달라고 했다. 다음 날 아침부터 눈이 빠지게 기다렸으나 밤이 으슥해서야 남편이 큰아들 손을 잡고 병원에 나타났다. 그놈의 공부가 뭐라고. 새벽 두 시까지 꼬박 연구실에 매어 있던 남편이 저녁 판에 깜박 잠이 들었던 거다. 남편이 슬슬 내 눈치를 보며 너스레를 떨었다.

"자기가 좋아하는 와이키키 칼 호텔 '동백장' 미역국이야."

나는 미역국을 빼앗듯 낚아채 정신없이 퍼먹기 시작했다. 한참 만에 배가 불러 뜨뜻해지자 겨우 옆의 아들이 눈에 들어왔다.

"너도 좀 먹어 볼래?"

아들 눈이 토끼 눈이 되었다.

"엄마, 생일도 아닌데. 그게 그렇게 맛있어? 그러면 엄마 다 먹어."

제법 인심을 쓰는 아들을 보며 내심 쾌재를 외쳤다. 그리고 곧 미역국 통을 닫아 옆에 두었다. 나중에 먹으려는 속셈으로. 그러나 집으로 가는 남편에게 미역국이 15달러라는 소리를 들은 순간 기절할 것만 같았다. 그 작은 통 하나에 15달러였으니! 밥도 반찬도 안 챙겨 주면서 말이다. 갑자기 속이 뒤틀렸다.

남편이 가고 밤이 깊어 갔다. 슬슬 미역국이 먹고 싶어 군침이 흘렀다. 출출해진 배를 부여잡고 커튼을 살짝 쳤다. 빵만 주는 간호사에게 들키면 창피할 것만 같았다. 아니면 맛있는 건 혼자서 숨어 먹으려는 속셈이었을지도. 미역국을 퍼먹기 시작했다. 그런데 자꾸 목이 막혔다. 너무 비싸서 억울해서였던가, 너무 허겁지겁 들이켜서였던가 기억이 흐릿하다. 눈물이 하염없이 볼을 타고 흘러 미역국 속으로 떨어졌다. 나는 계속 눈물에 젖은 미역국을 떠먹었다.

큰아들이 태어났을 때 그리 천대하던 미역국. 사산해 버려 배 속에 아기도 없어졌는데, 젖을 돌게 할 일도 없는데, 나는 철딱서니도 없이 미역국이 맛있어서 울면서도 먹었다. 5개월이나 된 볼록하던 배가 홀쭉해져서 서럽고, 엄마에게 위로받을 수 없는 만리타국에 와 있는 게 더 서러웠다.

"엄마~" 한국에 있는 엄마를 가만히 불러 보았다. 그러자 한 수저씩 목젖을 타고 흘러 들어가는 미역국이 나를 서서히 진정시켜 주었다.

"왜 내가 시어머니 미역국을 끓여야 하냐?"라던 젊은 엄마 목소리가 다시 망령처럼 들려온다. 지금 나는 어머니랑 우리 시어머니를 생각하고 있는데. 더 이상 살아 계시지 않은 그분들을 불러내 '미역국 고문'이라도 시켜 달라며 울고 있는데. 그 순간 그분들 생일에 미역국 한 번 끓여 드리지 못한 게 퍼뜩 떠오른다. 엄마가 살아 돌아오신다면 얼마나 좋을까?

"엄마, 미역국 드세요!"

맨발로 달려가 엄마를 꼭 안아 드리고 미역국을 푸짐히 대접할 거다.

미역국을 먹는 것도 아닌데 자꾸만 목이 멘다.

✍ 이마리

장대비의 저주라니

호주는 이 세상에서 제일 건조한 대륙으로 이름이 난 곳이기에 피지에서 이곳에 처음 도착할 당시에는 여름철이면 물 걱정을 하며 마음 졸인 기억이 생생하게 떠오른다.

그런데 올해 여름은 갑자기 기상이변으로 한여름의 햇볕을 제대로 즐기지도 못하고 계속 폭우가 쏟아지더니 벌써 가을로 접어들었다. 라니냐 현상이 몰고 온 몇 개월이나 계속된 비 덕분에 곳곳에서 물난리로 많은 피해를 보아 안타까운 마음이 앞선다. 우리 집 작은 정원은 아랑곳하지 않고 심지도 않은 여러 종류의 예쁜 식물들이 밀림을 이루어 다투면서 자라나 신기할 정도이다. 매일 장대비 폭우를 바라보며 나는 우울한 마음으로 먼 옛날 내가 어릴 적에 본 결혼식을 떠올렸다.

어릴 적 외할아버지네 침모가 읍내 염색 집에 갈 때 같이 구경도 하고 길에서 파는 오징어튀김 같은 여러 가지 간식을 사 먹고 싶어서 곧잘 따라다녔다. 염색 집은 염료도 팔았지만 늘 길가에 큰 드럼통을 여러 개 내어놓고 다른 색깔의 염색물을 펄펄 끓이고 있었다. 일하는 사람이 흰색 광목이나 인견, 비단 등을 이 통, 저 통에 집어넣어 끓이다가 꺼내어 빨랫줄에 널었다. 빨랫줄에는 항상 형형색색의 화려한 천들이 펄럭이면서 시장통을 화려하게 장식하고 있었다. 읍내에서 제일 큰 이층집을 가진 염색 집은 인기가 많아서 큰돈을 벌며 날로 번창했다. 지금은 없어진 지 오래되어 상상하기 힘든 광경이지만 그때는 늘 손님이 버글대며 생동감이 넘쳐서 지켜보는 것만으로도 신명 나는 일이었다.

얼마 후에 염색 집의 내 친구 복순이의 고모가 시집을 가게 되었다. 시장통이 온통 결혼식 이야기로 들떴고 모두가 기대에 차서 그날을 기다렸다. 먹을 것이 풍부하지 않았던 시절이었기에 부잣집 결혼식은 온 가족이 배를 불릴 수 있는 절호의 기회였다. 같은 동네뿐 아니라 여러 동네의 경사가 되어 며칠이나 계속되는 것이 관례였기 때문이다.

고모가 시집가는 날은 아침부터 잔뜩 흐리기 시작했다. 모두가 걱정한 대로 마당에 준비한 초례청 위로 엄청난 폭우가 쏟아지기 시작했다. 마당 천막 밑에 차려진 초례청은 장대비 폭우로 물이 차서 잠기기 시작했다. 모두 당황해서 황급히 초례청을 대청마루로 옮기기 시작했다. 대청에서 초례를 치르는 동안에도 장대비 폭우가 끊임없이 쏟아져서 사람들의 말소리도 듣기 힘들 지경이었다. 그러자 이곳저곳에서 술렁거리며 수군대는 소리가 들려오기 시작했다.

"새 각시 팔자가 아주 사나운 모양이네."

"결혼식 날 이렇게 폭우가 쏟아지면 과부가 될 팔자라던데."

사람들은 혀를 끌끌 차며 고개를 절레절레 흔들어 댔다. 어린 나는 모두가 고모에게 좋지 않은 기운을 보내는 것 같아서 고모가 측은해 보이며 그런 일이 일어나지 않으면 좋겠다고 생각했다. 잔치하는 내내 비는 그칠 줄을 모르고 저녁 늦게까지 줄기차게 내려 많은 혼란이 있었지만, 워낙 큰 집이어서 그런대로 잔치를 무사히 마칠 수 있었다.

우리 모두가 고모의 결혼식에 대해 잊을 무렵이었다. 그때 사람들이 무심코 던진 좋지 않은 말 한마디 때문이었을까? 고모의 남편은 시름시름 앓다가 젊은 나이에 세상을 등지고 말았다. 사람들이 무심코 던진 말이 저주가 되어 새색시의 불행한 운명을 만든 것이 아니었나 하는 의구심이 들어 어린 나는 마음이 혼란했고 무거웠다. 여러 사람의 미신 비슷한 말 때문에 한 사람의 인생이 결정된 것 같은 경험은 신기하고도 두려운 일이었다.

어른이 된 후 여러 나라를 여행하며 살아 보니 비에 대한 견해도 너무 달랐다. 남태평양에서는 비가 오면 하늘의 축복이라며 오히려 기뻐하며 반기고 좋아했다. 만약 그날 고모 결혼식에서 사람들이 생각을 바꾸어 "하늘의 축복을 받아 앞으로 행복하게 잘 살겠네"라는 말로 축복해 주었다면 아마도 고모의 인생이 달라지는 기적이 일어나지 않았을까? 사람들의 저주스러운 말 한마디 한마디가 무서운 결과를 가져온 것 같은 느낌을 지울 수가 없는 것은 나만의 생각일까? 생각이나 말로 사람을 죽이기도 살리기도 할 수 있다는 사실을 깨닫게 된 순간부터 온몸에 전율을 느끼지 않을 수 없었다.

아무렇지도 않게 내뱉은 말 한마디가 남의 가슴에 비수가 될 수 있다는 것은 절대 바람직하지 않음을 깨닫게 되었다. 눈앞에서 보고 경험한 것이 계기가 되어 모든 일을 긍정적으로 받아들이기로 했다. 나쁜 일도 가벼운 마음으로 좋은 쪽으로 생각하는 발상의 전환이 얼마나 중요한 것인가를 깨달아 그것을 내 삶의 지침으로 삼았다.

기억 속에 알알이 박힌 좋지 않은 기억들을 컴퓨터 리셋 버튼으로 다시 돌려놓아 행복하고 좋은 것으로 만들고 싶다. 모두 행복한 세상에서 살 수 있으면 하는 엉뚱한 꿈에 젖어 줄기차게 내리는 장대비를 바라보며 우수에 잠긴다.

✍ 김수영

도토리묵 공장 여사장

나이가 들면 애가 된다더니 요즘 들어 남편 영감이 반찬 투정을 하기 시작했다.

"그렇게 애같이 투정 부리지 말고 당신이 직접 식품점에 가서 먹고 싶은 것들 맘대로 골라 봐요." 나의 짜증 섞인 말투에 언짢은 표정을 짓더니 남편은 어느새 식품점 안으로 사라졌다.

식품점 한쪽에서 이것저것 둘러보던 남편이 갑자기 "도토리묵이다!" 하며 마치 귀인을 만난 듯 환호했다. 난 속으로 '자기 엄마라도 만난 듯 반가워하네' 하며 시큰둥했다. 도토리묵을 사느니 마느니 하며 티격태격하다 결국은 묵 한 통을 사 들고 우린 식품점을 나왔다.

남편은 장남이므로 난 결혼 후 계속 시어머니를 모시고 살면서 흔히 말하는 시집살이를 했다. 그래도 시어머니가 내 다섯 애들을 모두 돌봐 주었으니 따져 보면 내가 더 많은 덕을 본 셈이다. 우리가 이민 올 때 시어머니도 우리와 같이 와서 우리 가족의 이민 역사는 시어머니와 함께 시작되었다.

시어머니는 시드니에 오자마자 교회를 찾았다. 나중에 안 사실이지만 교민을 위한 모든 정보가 교회로부터 나오고 있다. 어느 날 어머니는 교회 정보 중 최고의 정보를 얻어 냈다. 시내에서 동쪽으로 얼마 안 가 큰 공원이 나오는데 그곳에 가면 도토리가 지천으로 깔려 있다는, 시어머니에게는 말 그대로 고급 정보였다. 센테니얼 파크라는 이 공원에는 도토리나무가 많아 도토리 철만 되면 나무에서 도토리가 우수수 떨어져 나무 주변이 온통 도토리밭이 된다는 것이었다.

주말을 손꼽아 기다리던 시어머니는 어느 토요일에 아들, 며느리, 손주들을 다 동원해 공원으로 데려가더니 도토리 줍기 작전에 들어갔다. 시어머니는 25킬로짜리 빈 쌀 포대 몇 개를 미리 완벽하게 준비해 놓고는 우리 모두에게 지체하지 말고 빨리빨리 주워 담으라고 명령을 내렸다. 도토리엔 관심도 없는 아이들은 공원 이곳저곳을 신나게 뛰어다녔다. 나는 시어머니의 눈치를 봐 가며 슬슬 주워 담았고 남편은 허리 아프다며 엄살을 떠는 듯했다. 빨리 집에 가자고 보채는 아들의 말도 무시한 채 오직 시어머님만이 장렬한 용사가 되어 포대마다 도토리를 넘치도록 채워 나갔다.

도토리묵 공정은 대략 이러했다. 포대에서 나온 도토리들을 바닥에 널찍하게 펼쳐 놓고 햇볕에 잘 말린 후 도토리 껍질을 깠다. 껍질 밖으로 나온 도토리 알들을 큰 양푼에 담아 물을 가득 채운 후 며칠 동안 불렸다. 불려진 도토리를 믹서에 갈았다. 갈아진 도토리에 다시 물을 부어 놓은 후 가라앉혔다. 곱게 가라앉은 가루를 다시 자루에 넣어 힘주어 문지르면 도토리 진액이 나오며 이 진액 전분으로 묵을 쑤는 것이었다. 서당 개 삼 년이면 풍월을 읊는다더니 어느새 나도 서당 개가 되어 이 정도는 알게 되었다.

우린 도토리를 집 앞 차도에서 말렸다. 제 자리를 빼앗긴 자동차는 이내 길가 도로로 밀려 나갔고 햇볕이 쨍쨍 내리쬐는 쾌청한 날이면 도토리들은 차도의 넓은 시멘트 바닥 위에 널브러져 상쾌한 일광욕을 만끽했다.

아무리 오래 불려 논 도토리라도 도토리 자체가 워낙 단단한지라 믹서가 힘을 쓰지 못할 때가 더러 있었다. 그러다 보면 때때로 믹서의 모터가 터져 버리는 일이 발생하기도 했다. 울 시어머니 도토리묵 생산 과정에서 적어도 네댓 개의 믹서 모터가 터져 나갔고 이때마다 시어머니는 믹서 제조업체를 원망했다.

"어째 이 땀시로 기계를 허약하게 만들어 놨담!" 그러나 새 믹서를 또 사야 하는 나는 속에서 불이 났다.

'도토리묵 팔아 믹서값도 안 나오겠네'라며 난 속으로 투덜거렸고 잔뜩 약이 올라 있었다. 두고두고 집안의 영광이자 웃음거리가 된, 터져 나간 믹서 사건이었다.

시어머니의 도토리묵 작업실이 되어 버린 우리 집 세탁실의 벽면 아래쪽은 늘 누런 얼룩으로 뒤덮여 있었다. 이 얼룩들은 도토리 가루 만드는 과정에서 튀어나온 도토리 물감 같은 것들이었다. 이 얼룩들은 아무리 닦고 또 닦아도 없어지지 않아 늘 깔끔 떠는 내겐 큰 골칫거리였다. 그 거무스름한 진액으로 묵을 쑬 때면 난 늘 시어머니의 조수가 되어 부엌 가스 불 앞에 서서 긴 나무주걱으로 끓고 있는 묵을 팔목이 달아날 정도로 오래오래 저어야만 했다. 이런저런 이유로 인해 난 시어머니가 만든 도토리묵을 좋게 볼 리 없었다. 맛있게 먹어 본 기억 또한 없다. 아니 솔직히 말해 쳐다보기도 싫었다.

지금 생각해 보면 시어머니가 이렇듯 엄청나게 힘든 작업을 어떻게 혼자 다 해냈는지 이해가 안 된다. 그 조그만 도토리의 껍질을 하나하나 벗겨 내는 일이란 상상만으로도 아찔한데 울 시어머니는 그 많은 도토리를 혼자 다 깠으니 참으로 대단한 분이었다. 그러고 보니 난 도토리를 한 번도 까 본 적이 없었다. 도토리 까기가 마치 당신만의 일인 양 시어머니는 우리 식구 중 그 누구에게도 일을 시킨 적이 없었다.

식품점에서 산 도토리묵에 양념을 뿌리던 중 문득 시어머니한테 죄송한 마음이 들었다. 시어머니의 도토리묵 만드는 공정 중 내가 한 것이라곤 오직 젓는 일뿐이었는데 그걸 가지고 불평했던 옛날의 내가 부끄러웠다.

"오랜만에 도토리묵 먹어 보네. 이야! 참 맛 좋다. 맛있긴 한데 옛날 어머니 묵 맛보단 못하네."

양념한 묵을 맛있게 먹던 남편의 말이었다. 이렇게 말하는 남편에게서 난 그의 엄마에 대한 그리움을 느꼈다. 아무리 유명한 요리사가 만든 음식이라도 엄마의 손맛이 빠진 곳에는 늘 맛의 아쉬움이 따를 것이다.

시어머니와 함께 도토리로부터 시작된 우리 가족 이민 역사는 많은 이야깃거리를 남겼다. 이렇게 만들어진 도토리묵은 한국 식품점에 납품되었고 시어머니는 그 수익금을 교회 건축 헌금으로 썼다. 어머니 고생한다며 남편은 한사코 말렸건만 시어머니는 들은 척도 하지 않았고 묵 생산은 한동안 계속되었다. 원자재인 도토리가 동이 날 때쯤 되면 우린 다시 그 공원을 찾기도 했다.

어느 날 중학생이었던 셋째딸이 학교에서 돌아오면서 할머니를 찾았다. 딸은 학교 가방을 열어 도토리를 한 줌 꺼내 놓더니 자기 학교에서 주워 온 것이라며 자랑스럽게 말했다. 그 학교에도 도토리 나무가 있어 할머니를 기쁘게 해 주려고 주워 왔다고 했다. 시어머니는 손녀의 머리를 쓰다듬으면서 "그려, 그려 잘했다, 잘했어. 아이고, 이렇게 할미 생각해서 학교에서부터 끌고 왔구먼." 하며 손녀를 기특히 생각했다. 한 줌밖에 안 되는 도토리로 할머니를 크게 감동시키고 할머니의 마음까지 산 작은 일화였다.

시어머니의 도토리묵 제조 공장은 그리 오래가지는 않았다. 작정한 건축 헌금액이 채워지자 시어머니는 공장문을 닫았다. 짧은 시간에 많은 것들을 경험하게 만든 우리 시어머니 표 도토리묵이 지금 왠지 그리워진다. 그때는 그렇게 보기도 싫고 먹기도 싫던 묵이 이제 와서 새삼 그리워진다는 것은 이제야 내가 뭔가를 깨닫게 되었다는 것일 테다. 시어머니를 그토록 강철 같은 여인으로 만든 힘은 대체 무엇이었을까? 시어머니의 묵에 얽힌, 말로 다 할 수 없는 강렬한 사랑, 정성, 수고를 난 이제야 깨달은 것 같다.

✍ 심무경

5. 글 쓰니 인생이 달라졌어요

시드니 왕언니들 바람났대요

할머니들이 바람났다. 그것도 한국이 아닌 펭귄이 출몰하는 머나먼 남극에 가까운 호주에서. '임금 귀는 당나귀!'라고 외치고 싶어 죽겠다는 듯 신이 난 나는 소리쳐 본다.

"깜놀이라고요?"

"그렇게 만든 장본인은 바로 이 몸이니 책임을 지라고요?"

"죄송합니다. 벌써 5회째나 북 치고 장구 쳤으니 전 그저 지켜볼 수밖에요."

호주는 목하 푹푹 찌는 찜통 삼복더위. 어제 앵커가 이런 날씨를 스티미 웨더(Steamy Weather)라고 표현했다. 말 그대로 32도인데도 찜통더위로 체감온도 37도다. 사막에서 불어오는 열풍 때문에 문을 꼭꼭 닫아걸고 바깥 활동 일절 사절. 호주에는 무조건 '방콕' 해야 하는 무시무시한 날들이 여름에 며칠씩 있다. 그런데 올해엔 그 열풍이 산불 대신 무시무시한 오미크론을 모시고 온 거다. "조심해. 우리 대접 잘해야지. 너희들 꼼짝없이 죽는다."라고 스티미 웨더가 으름장을 놓았다.

마침 장편 원고 600매를 탈고한 후라 머리가 지끈거렸다. 더위 먹은 채 부스스 산발한 머리로 운동을 한답시고 마당을 빙빙 맴돌았다. 손바닥만 한 마당인데도 금세 땀으로 목욕했다. 더위를 이기자며 담장 옆의 억센 풀을 손으로 잡아 뜯었다. 숨이 턱턱 막혔다. 땀이 눈으로 들어가 매워 눈을 뜰 수가 없다. 며칠 전 유튜브에서 본 박경리 선생님이 빨간 고추를 따 손수 말리시던 걸 따라 해 보기로 했다. 파란 고추 몇 개만 땄는데도 머리가 빙빙 돌았다. 흐흐. 송충이는 솔잎을 먹어야 하나 보다. 대가를 따라 하려다 가랑이가 찢어질 것만 같다. 전리품으로 파란 고추 한 주먹을 손에 쥔 채 집안으로 뛰어들었다. 피신처를 찾아서.

뭔가 나를 다독거리는 거리를 찾아야만 하는 시간이다. 두어 달 꼭꼭 숨어 글쓰기에 집착할 때면 탈고한 후에 해야 할 일만 눈앞에 어른거렸다. 맛난 음식이 첫째다. 남편이 해 주는 음식으로 연명하다 드디어 무수리 본성으로 홈메이드 음식 장만하기. 떫은 와인 한 잔하라는 마녀의 유혹도 마다할 수는 없지. 그러나 아무것도 손에 잡히지 않는다. 다른 때보다 글쓰기에 더욱 몰두한 후유증이 가혹하다. 그런다고 더 좋은 작품이 나오지 않는다는 비정함도 이미 숙지한 지 오래건만. 신경 쓰지 말자면서도 다시 원고를 뒤적인다. 책을 뒤적인다. 책이 읽히지는 않는다.

그러다 독서그룹에서 빌린 책에 손이 갔다. 문득 일곱 부인의 우아한 얼굴이 떠오른다. 그들은 이민 온 지 20, 30여 년 되니 호주에 체류하게 된 지 얼마 안 된 나 같은 애송이에겐 하늘이다. 이 몸을 포함 7인의 부인들의 독서량과 서로 배려하는 마음에 나는 그저 감동하였다. 코로나로 인해 1년간 오프라인 모임을 하지 못했지만 꾸준히 읽고 카톡으로 독후감도 나누었다. 독후감은 마음 내키는 대로 올리니 의무감도 강제성도 없었다. 그러니 나처럼 얽매이기 싫어하는 반항아에게는 딱 안성맞춤인 자유로운 영혼들의 연대였다. 영어권에서 반평생 이상을 살며 필사적으로 한글책을 읽는 그분들의 정열에 가슴이 숙연해졌다.

나야 계속 글을 썼고 이곳에 온 지 5년밖에 되지 않아 한국의 문화가 익숙하지만, 그들은 글쓰기랑 수십 년 멀어져 있던 분들이다. 이민자의 외로움을 한국책 읽기로 승화시켜 온 이민 1세대. 그들의 치열한 한글 사랑에 가슴이 벅차올랐다. 그들의 독후감이 보통 수준이 아니었다는 생각에 이르자 기발한 아이디어가 떠올랐다. 나 혼자서 중얼거리며 연기를 한다. 글쓰기 선생과 학생 역을 번갈아 가면서.

"우리 글쓰기 한번 해 보실래요?"

"전 평생 호주에 온 후로 글쓰기 같은 걸 해 본 적이 없어요."

"독후감 쓰시는 능력이면 능히 하실 수 있어요. 제가 그 능력을 보았거든요."

여전히 손바닥에는 땀이 끈적인다. 아차, 일일이 전화를 돌리기보다는 단톡방에 올리는 게 빠르겠다. 갑자기 글 쓰는 기쁨을 그들에게 나누어 주고 싶은 마음이 간절해진다. 쇠뿔은 단김에 빼라고 했지만 나도 참 못된 심성의 소유자이다. 각고의 노력 끝에 그분들의 감성과 지성을 끌어내 글쓰기 방을 만드는 데 성공했다. 야호!

문제는 컴퓨터 작업이 서툰 그분들은 누구보다 엄청난 노력을 해야 한다. 먼저 이 메일로 작품을 교환하며 서서히 작품을 시작하기로 했다. 맨 처음 주제는 손주 이야기, 이어서 음식, 두 나라 간의 문화 차이, 내 삶은 현재 진행형 등 다양한 주제를 섭렵하기로 했다. 그들이 어떻게 글을 쓰지 않고 참았었나 싶을 정도로 열정이 뜨거웠다. 고백 아닌 고백이 봇물 터지듯 콸콸 쏟아져 내리는 게 수개월 막혔던 고질 변비가 서서히 해결 중인 듯싶었다. 구경만 해도 10년 묵은 체증이 쑥 내려앉는 것만 같았다.

그들은 젊은이보다 온라인 글쓰기가 힘든 세대임이 분명하다. AI가 지배하는 세상에 차츰 적응해 나가자고 잘 할 수 있다고 권유도

해 본다. 갖은 노력을 하는 그들의 모습과 자세에 내 가슴이 애틋하고 뭉클해진다. 그건 갓 시작한 소녀의 첫사랑 같아서다. 우리 한글이 그토록 매력적인 언어였나 되새기며 새삼스레 내 가슴이 뜨거워진다. 그들의 정열에 기꺼이 조용한 안내자가 되고 싶다. 미술가, 패셔니스타, 독서광, 수놓는 농부, 전직 간호학 교수, 손자 돌봄이 영문학도 언니들의 눈동자가 생기로 반짝인다. 때늦은 사랑에 열병을 앓는 문학소녀가 되어 버린 그들의 가슴 떨림이 나를 바짝 긴장시킨다.

"내가 글을 쓰다니 이 나이에 제2의 인생을 사는 듯 황홀해요."

"타국에서 살아온 삶의 슬픔과 기쁨을 쓸 수 있다니! 그것도 우리 한글로요."

그들은 오묘하고 선명한 색상의 팔색조*를 닮았다. 서로 영롱한 빛의 깃털이 어우러져 앙증맞은 작은 몸을 이룬 알록달록 예쁜 새. 에메랄드빛 옆 날개가 야광 색으로 투명하고, 배털은 선홍빛에 검정빛 한 조각. 눈 화장을 한 듯 눈가가 까만 띠를 둘러 7색 무지갯빛으로 빛나는 작지만 단단한 새. 영광스럽게도 이 몸은 갓 날기를 배운 팔색조의 맨 끝에 달린 막내 꽁지이다. 작은 깃털일 테지만 화려하고 야무진 새의 한 날개인 게 마냥 좋기만 하다.

그 여인들이 글 쓰는 데 욕심을 부리면서도 서로 위로하고 격려하며 지금 팔색조로 비상하려 한다. 대륙을 가로질러 태평양을 횡단

해 그들이 닿는 곳이 어디쯤일까? 마침내 입이 근질근질한 나는 손나발을 분다.

"시드니 왕언니들 글 바람났대요!"

눈부시도록 파란 하늘에 크게 외친다. 유칼립투스 사이로 상쾌한 바람이 일렁인다. "글 바람 글 바람!"이라고 유칼리 잎이 수선댄다.

✍ 이마리

* 팔색조: 무지개가 움직이는 듯한 모습의 팔색조는 일곱 가지 색을 지닌 새이지만 햇빛 아래에서 관찰하면 또 다른 색을 보여 준다. 우리는 이를 여덟 번째 색이라 생각했다. 바라보는 각도에 따라 다채로운 색깔을 보여 주는 새. 여러 가지 매력을 가진 사람을 팔색조 같다고 표현하는 것도 이 때문일 것이다.

디어 걸스

12월 초순인데 벌써 호주의 우리 동네 워이워이 우체국이 백발의 노인들로 붐빈다. 어쩌면 이 시대의 마지막 아날로그들의 축제일는지 모른다는 생각이 스친다. 신속 정확하고 편리한 디지털의 황홀함보다 길고 정중한 절차를 마다치 않고 기다림의 미덕을 즐기는 노인들이 있다. 그들은 상상의 나래를 펴고 추억에 잠겨 보기도 한다. 각양각색의 꾸러미들이 산타클로스를 대신해서 여기저기로 배달될 것이다. 사랑과 정성으로 가득한 애틋한 선물 꾸러미들이 반가움과 기쁨과 놀라움으로 누군가를 행복하게 해 주려고 한껏 부풀어 있다. 나의 책 보따리도 그 틈에 끼어 있다고 생각하면 즐겁다.

카뮈의 『결혼·여름』은 뇌섹녀의 뇌를 춤추게 하겠지. 현경의 『미래에서 온 편지』는 책벌레를 전율하게 했으면 좋겠고. 김진애의 『여자의 독서』는 한창 독서에 물이 오른 후배 똑순이를 활활 타오르게 하겠지. 호주살이를 본격적으로 시작해서 부부가 정원 가꾸기에 몰두한 살림꾼에게는 헤르만 헤세의 『정원 일의 즐거움』이 도움이 되었으면. 아마추어 산적 두목이 사랑하는 아우들에게 탈취물을 나누어 줄 때의 희열을 느껴 본다.

동문 모임에서 책 전도사 K가 독서 모임을 만들어 보라고 하기에 당장 몇 사람에게 의견을 물었더니 모두 눈이 침침해서 책 읽기가 힘들다고 했다. 젊은이들은 바쁘고 은퇴한 이들은 이미 소속된 소모임이 많아서 시간 내기가 어렵다고 한다. 어깨가 축 처졌지만 우선 첫 번째 모임을 시작했다. 몇 명 안되지만 일당백의 기백으로 각자의 서재에서 잠자고 있는 책들을 골라서 싸 들고 모였다. 신기하게도 겹치는 책은 한 권도 없고 지금은 구할 수 없는 귀한 책들이 우리를 놀라게 했다. 옛 연인을 만난 듯이 두꺼운 책을 두세 권씩 끌어안고 걸어가는 할머니들의 뒷모습에서 활기찼던 젊은 시절의 향기가 진하게 느껴졌다.

독서방에 독후감이 올라오고 활기를 띠기 시작하자 회원도 열 명으로 늘어나고 읽을 책도 점점 불어나 수십 권이 이집 저집으로 바쁘고 신나게 돌아다니고 있다. 게다가 한국으로 나들이 다녀오는 회원마다 신간을 두세 권씩 사 들고 와서 이러다가 도서관을 지어야 할 것만 같다. 남자 동문은 한 명도 참여하지 않으면서 아내들이 새 책을 가져가면 슬쩍 집어다 읽는다고 하니 그나마 다행이다. 독후감과 토론은 수시로 독서방 창에 올려서 공유하고 있다. 만나서 산만하게 대화가 갈라지는 것보다 집중할 수 있어서 효과적이었다. 카톡으로 소통하는 동안 정이 듬뿍 들었는지 두 번째 모임 때는 너무 반가워서 십 대처럼 손을 맞잡고 깡충깡충 뛰고 싶은 심정이었다. 영혼의 양식이 우리의 감수성을 깊고 넓게 확장해 주었나 보다.

"책을 읽는 여자는 힘이 세다"로 시작해서 "여자들이여 책과 동행하라! 책과 함께 성장하라! 디어 걸스 그대에게 무한한 에너지를 보낸다."로 끝낸 김진애 작가의 『여자의 독서』*를 읽고 자연스럽게 디어 걸스(Dear Girls)가 우리의 이름이 되었다. 조지 오웰의 『1984』, 르 클레지오의 『황금 물고기』, 배철현의 『인간의 위대한 여정』, 한동일의 『라틴어 수업』 등 40여 권의 책에서 엄청난 에너지를 공급받는 디어 걸스가 나날이 성장하고 여물어 가는 게 느껴져서 행복하다. 문학을 전공한 바닷가의 고수는 깊이 있고 아름다운 독후감으로 본이 되어 고맙고 든든하다. 오랜 세월 한국책을 접할 기회가 없었던, 남태평양에서 온 여신은 우리와 더불어 한국책의 재미에 푹 빠져들고 있다. 새로 참여한 막내는 현역 동화 작가여서 우리 모임에 새로운 활기를 불어넣어 주고 있어 즐겁고 자랑스럽다.

근래 『나의 두 사람』을 쓴 김달님 작가의 편지를 받았다. 결손이나

가난 따위는 느낄 수 없을 만큼 따뜻하고 아름다운 그들의 영혼이 아름다워 책을 읽는 동안 계속 눈물을 흘렸다. 순박한 그러나 강인한 조부모의 고귀한 DNA가 고스란히 손녀 달님에게서 느껴져서 얼마나 귀하고 기쁜지 이루 말할 수 없는 감동으로 전율했다. 책 마지막 장을 덮으며 온몸으로 흐느껴 울었다. 너무 아름다워서 울었다.

호주에서 날아온 독자 엽서를 받고 환하게 미소 지었던 기억이 추석쯤이었고 이런 독자 엽서를 받는 나는 정말 행복한 사람이라고 생각했어요. 보내 주신 따뜻한 응원 오래도록 기억하겠습니다. 무엇보다 '할머니 독서 모임'이라는 말에 기분이 참 좋았습니다. 누군가 제게 꿈이 뭐냐고 물으면, 저는 유쾌하고 귀여운 할머니가 되는 것이라고 답하곤 하거든요. 제게 '할머니 독서 모임'이란 말이 주는 느낌은 제가 꿈꾸는 미래를 보는 것 같았습니다. 그런 모임에서 제 책을 읽어 주시고 엽서를 보내 주셔서 더 기뻤어요. 두 번째 책을 출간하게 된다면 호주로 보내 드리고 싶어요. 그때도 독서 모임에서 읽어 주신다면 좋겠습니다. 할머니 꼭 건강하시길 바랍니다.

달님의 황홀한 연애편지를 받고 늙은 디어 걸스의 얼굴들이 환하게 밝아진다. 예쁜 손녀딸이 선물로 안겨져서 가슴이 벅차다. 손자손녀를 열 명이나 거느린 뇌섹녀가 젤 기뻐한다. 책을 다 읽고 나면 순서를 기다리는 회원에게 빨리 읽히고 싶어서 다음 정기 모임 때까지 몸살이 나서 참을 수가 없다. 그래서 생각해 낸 방법이 얼마나 편한지. 처음 나에게서 소포로 책을 받은 회원이 굉장히 행복해해서 깜짝 놀랐다. 이곳 호주의 땅덩어리가 방대해 한국처럼 금방 약속하고 쪼르르 달려 나가 만날 수 있는 여건이 안 되기에 말이다. 책을 선물로 주는 게 아니라 단지 읽으라고 빌려주는 건데 이렇게 반응이 뜨거울 줄은 상상도 못 했기에 어리둥절하다. 작은 수고로 이런 기쁨을 선사할 수 있다니 내가 더 즐겁고 행복하다.

우편함에서 책을 꺼내 들고 얼마나 기뻤으면 "요술 할머니가 빗자루 타고 날아와서 책을 놓고 가셨나 봐요"라고 했을까. 마귀할멈이라고 불러도 상관없다. 책만 읽으면 된다. 내게 회장이라고 불러 대는 막내 후배에게 겨우 열 명이 모여서 회장이니 뭐니 하지 말고 그냥 선배라고 부르라고 했더니 느닷없이 '두목님'이 꼭 필요한 책을 보내 줘서 고맙다고 방방 뛴다. 졸지에 산적 두목도 되고 어느 날은 대장도 되고 제각기 그날 기분에 따라 수시로 달라지는 별명도 신선하고 기분 좋다. 그 은밀한 동지애로 가슴이 뿌듯하다.

책과 사랑에 빠진 디어 걸스여! 삶의 의미와 기쁨을 안겨 주는 책과 더불어 영원하길 기도한다.

✍ 박조향

* 김진애, 2017, 『여자의 독서』, 다산북스.

카야의 고립과 습지의 이중주
-『가재가 노래하는 곳』을 읽고

"낙엽이 비처럼 눈송이처럼 고요히 춤을 추는 곳. 겨울 안개가 땅에 깔리면서 벽을 타고 커다란 목화솜처럼 덩어리로 뭉치는 그곳. 석호는 삶과 죽음의 냄새를 동시에 풍겼다. 그리고 약속과 부패의 냄새가 유기적으로 납작하게 얽혀 있었다."라는 소설 속의 습지 묘사에 흠뻑 빠져 나는 한동안 소설에서 헤어날 수 없었다.

사연인즉 이러했다. 하늘이 뚫린 듯 비가 쏟아지던 어느 날 남편이 델리아 오언스의 소설 『가재가 노래하는 곳』*을 말없이 내밀었다. 그의 배려로 나는 주인공 카야를 따라 환상이면서도 실체일 것만 같은 노스캐롤라이나 습지의 원시성으로 삽시간에 빠져들었다. 거의 인간이 살 수 없을 정도의 야성을 간직한 원시 습지는 함부로 근접할 수 없는 첫사랑의 기억처럼 설렘과 동시에 아픈 가슴앓이를 시켰다.

그때 호주답지 않은 기상 이변으로 수십 일간 내리는 우울한 빗소리는 소설 속의 습지를 떠도는 물소리, 바람소리, 갈매기 울음소리와 어우러져 신비로운 환상교향곡을 연주했다. 『타임스』 베스트셀러이며 아마존 판매 순위 1위인 이 책이 '미국의 하나의 현상이 되었다'는 게 이해가 되고도 남을 만했다. 『가재가 노래하는 곳』은 매력적인 캐릭터들이 벌이는 서정적인 로맨스이면서도 아찔한 미스터리로 가득 찬 생생한 습지 탐구생활 보고서이다. 또한 가슴 아픈 야생 소녀 카야의 고립이 두 남자 친구들과의 관계를 통해 서서히 인간의 야만적인 진실을 드러나게 하는 흥미진진한 살인 미스터리이기에 한시도 눈을 뗄 수 없었다.

아름답고도 야생미 넘치는 기이한 풍광 속에 홀로 살아가는 야생 소녀 카야의 문제는 고립이었다. 작가는 그 고립이 카야에게, 아니 인간에게 과연 필요한 것일까를 반문하고 있다. 카야는 인간에게 기대를 걸었으나, 그 기대는 물거품처럼 사라지고 그녀는 인간들에게 버림받고 사귀던 남자에게서는 사랑의 배반을 당한다. 자연을 벗 삼아 홀로 일어서는 그녀는 점점 강인함을 배워 더 이상 외롭지 않지만 작가는 야생 소녀 카야의 홀로서기를 찬양하는 것을 경계한다. 그리고 인간의 본성이 외로움이라는 화두를 철저히 배격한다.

아프리카에서 야생동물과 거의 평생을 지나온 작가의 경험을 반추하면서 인간은 생물학적으로 사회학적으로 외로워서는 안 되는 존재임을 은연중에 암시한다. 작가는 나아가 사회적 약자와 소외계급을 질타하는 차별과 편견이 가득한 사회를 비난한다. 카야에게서 우리는 자신의 일부를 읽는다.

고립된 채 습지에서 살아가는 소녀 카야는 두 소년을 통해 여자로서의 성숙과 사랑을 배워 간다. 좋아하는 소년에게 강렬한 이끌림과 밀어냄을 동시에 느끼며 첫사랑에 빠져드는 카야의 점진적인 감성 묘사는 가히 예술적이다. 여성이 아니고서는, 아니 델리아 오언스가 아니면 절대 묘사할 수 없는 성장통을 겪는 소녀의 감정의 변화를 먹이를 찾는 매의 눈으로 날카롭게 집어낸다. 카야는 성장과 번민을 거듭하며 서서히 소녀의 탈을 벗는다. 그러나 카야와 관계했던 한 소년(거의 청년이 되어 가는 나이의)이 살해되며 사건은 미궁에 빠져들게 된다.

그러던 중 사건의 범인으로 지목받았던 카야는 무죄로 풀려나고 그녀의 인생이 순항하는 줄 알게 된 순간, 거듭되는 반전의 쾌감이 독자를 극도로 사로잡는다. 흠을 잡자면 마지막 법정 공방이 서둘러 넘어가는 느낌이 들지만 많은 부분 습지를 살리려는 작가의 노력을 생각하면 얼마든지 눈감아 줄 수 있을 정도이다.

일흔이 넘어 첫 소설을 쓴 델리아 오언스는 여성 동물학자로 『네

이처』, 『사이언스』 등 세계적인 저널에 논문을 수차례 기고했으며, 아프리카에서 23년 동안 야수를 길들이며 살아온 야생마 같은 여성이다. 어려서부터 글쓰기를 좋아해서인지 생태학자로서 지금껏 봐온 습지와 자연 그대로의 야생을 소설에 가득 담아 그녀의 글에는 원시성과 서정성이 흘러넘친다. 소설의 배경이 되는 습지는 어쩌면 배경만이 아니라 제일 상징적인 주인공일지도 모른다. 작가는 습지를 소멸과 생성을 거듭하는 생명력의 상징으로 『가재가 노래하는 곳』을 출산시켰다. 이 소설은 그녀의 인생 자서전이자 꿈이 혼합되어 이루어 낸 습지라는 인생 무대요, 광장이다. 놀랍게도 그 광장은 외롭고도 사랑스런 자연의 이야기이며, 검은 진흙처럼 끈질긴 생명 이야기로 가득하다.

근간 들어 이렇게 아름답고 아찔한 소설을 읽은 적이 없기에 마지막 부분을 아껴 두고 읽고 싶었다. 맛있는 사탕을 숨겨 둔 아이처럼 한참 후 책을 다시 펼쳐 보았다. 그 순간 주인공 카야가 조각배로 누비던 잿빛 광활한 습지가 파노라마처럼 어른거린다. 그 광활한 야생을 누비며 가재와 울고 웃고 노래하던 나는 이제 내 자리로 돌아올 때이다. 그러나 나도 이제 더 이상 이전의 내가 아니다. 카야가 사는 미치도록 아름답고 비밀스런 습지가 이미 내 마음 한구석에 단단히 자리를 잡고 있다.

책을 덮을 때쯤 자연이 인간이 세상이 모두 달라 보인다. 그것들이 내 앞에서 빛을 내며 눈을 깜박이고 있다. 그 사이로 습지의 하늘이 눈을 뜬다. 낮이 따스해지고 하늘이 윤을 낸 듯 반짝거린다. 나는 시를 읊듯 꿈을 꾼다. 그런데 이 소설이 기교면에서 현대소설의 기법이나 문장의 세련미와는 무관한 고전적 스토리텔링 기법으로 독자를 매료시키는 저력은 어디에서 오는 걸까? 그것은 작가가 동물학과 생태학을 공부해 아프리카에서 평생 얻은 산 체험으로 인간을 애정의 눈으로 볼 수 있기에 가능할 것이다. 결국 이 소설은 소녀 카야의 성장소설이자 살인과 법정 스릴러가 어우러진 로맨스 소설이다.

여태 카야의 깊은 숨소리가 들리는 듯하다. 그녀는 그의 온기를, 그 남자와 그 바다 냄새를, 함께 있는 그 순간을 깊이 들이마신다. 어둠이 달콤한 향내를 내며 습지에 드리운다. 그는 그녀의 첫사랑 그 이상이었다. 그녀에게 그는 시간의 한 갈피였고 스크랩북에 붙인 사진이었다. 카야는 그렇게 남자를 기억하며 습지의 조각배 위에서 편안히 마지막 눈을 감는다. 자연이었던 그녀는 자연의 품으로 편안하게 돌아간다.

나 언젠가는 '가재가 노래하는 그곳'에 가 보고 싶다. 거기서 습지라는 별명을 얻은 '마시 걸(Marsh Girl)' 카야를 찾아 마냥 모래톱을 달려 볼 거다. 이 겨울 마른 풀들은 패잔병처럼 고개를 숙인 채 물을 바라보고, 혹독하게 몰아치는 소란스러운 바람이 거친 줄기를 흔들고 지나가겠지. 갈색 풀들의 왁자지껄한 함성이 마왕의 습격 같은 두려움에 나는 갑자기 숨이 차오른다.

노래하듯 규칙적으로 쓸려 오고 밀려가는 물살에 조개가 깎이고 짜개져 고운 모래가 되고, 그 모래는 카야의 몸을 애무하는 이중주를 연주한다. 책장을 덮는 순간 광채로 하얗게 빛나는 카야의 희미하지만 밝은 모습에 나는 적이 안도한다. 여전히 습지는 고독하고 위대한데.

✍ 이마리

* 델리아 오언스, 2019, 『가재가 노래하는 곳』, 살림.

바람난 팔색조

시드니에 바람난 팔색조가 있다 한다. 글 바람난 시드니 왕언니들이 팔색조가 되어 조용히 비상을 준비하고 있다는 소문이 들린다.

2년 전쯤 책을 같이 읽게 된 인연으로 뭉친 일곱 명의 왕언니들이 지금은 수필 쓰기 모임으로 발돋움하여 글 바람을 일으키고 있다. 이들은 팔색조란 이름에 걸맞게 각기 다른 오묘하고도 선명한 색깔들을 한껏 내뿜으며 각자 글쓰기에 취해 있다. 나도 이 팔색조 깃털 중 하나이다.

팔색조 모임에서 젤 웃어른 왕언니를 우린 대장님이라 부른다. 한번 대장은 영원한 대장이기에 그 훈장을 떼어 내기 힘든 왕언니이다. 이 모임에는 모임에 대한 공지사항을 알리는 등 모든 절차를 잘 이끌어 가고 있는 똘똘이 총무도 있다. 간혹 나같이 뒤뚱거리는 언니도 우왕좌왕하지 않고 모임을 잘 쫓아갈 수 있도록 엄마오리 역할을 똑 부러지게 잘한다. 그리고 모임에서 내게 젤 무서운 사람이 하나 있다. 나이가 제일 어려 본인 스스로 자기는 팔색조 맨 끝에 달린 막내 꽁지라 한다. 이 팔색조 꽁지가 난 매우 두렵다. 글만 보면 매의 눈이 되어 글의 내용은 물론 맞춤법, 띄어쓰기, 철자 등 한글에 관해서만은 매섭도록 지적한다. 스스로 지적의 여왕이라 자처하면서 자신의 야무진 꽁지 깃털을 다부지게 흔들어 댄다.

왕언니들은 매달 수필을 한 편씩 쓴다. 그리고 합평을 한다. 이 글방에 합류하기 전에는 정식으로 글을 써 본 적이 없어 내게 글 쓰는 일은 그리 쉬운 일이 아니다. 내겐 꽤 어렵다. 나의 미진한 글로 인해 한글의 아름다움과 숭고함의 격을 떨어뜨리면 어쩌나 하는 걱정이 떠나지 않는다. 그런데 합평은 더 어려웠다. 내 글 쓰는 것도 절절매면서 어찌 감히 다른 왕언니들의 글을 보고 뭐라 말할 수 있단 말인가?

고민을 거듭하던 어느 날 나는 합평이 무엇인지 알려 주는 글을 읽게 되었다. 물론 막내 꽁지 언니가 보내 준 글이었다. 그 글을 읽고 나니 합평이란 게 무엇인지 감을 잡을 수 있었다. 단순히 글이 아름다워서 좋다고 말하는 것만으로는 합평이라고 할 수 없다는 것이다. 더 큰 감동을 뿜어낼 수 있도록, 또 보다 나은 글이 될 수 있도록 알려 주는 일, 즉 지적과 조언을 나누는 일이 바로 합평이었다. 이렇게 하면서 배우는 것이라 한다. 남들이 보기엔 작은 깨달음이겠지만 나는 그제야 내가 계단 하나를 밟고 올라왔음을 느꼈다.

글쓰기를 막 시작했을 때 사실 난 내가 글을 제법 쓰는 줄 알았다. 그런데 아뿔싸! 이게 웬일! 다른 왕언니들의 글이 내 기를 팍팍 꺾어 놓았다. 많이 창피하고 무안했다. 내 부족을 알면 알수록 왜 내가 글을 써야 하는지 스스로 묻게 되었다. 자괴감도 들었다. 의욕이 바닥 밑으로 침전돼 있을 때는 그냥 여기서 백기를 들까 하는 생각도 들었다.

이렇듯 글쓰기에 대한 회의가 마음 한편에서 울컥 치밀어 오를 때 내 마음 저편에서는 알 수 없는 그 어떤 것이 모락모락 피어오르고 있었다. 바로 한글에 대한 애정이었다. 글은 책에만 있는 것이 아니었다. 좋은 글이 늘 내 주위를 배회하고 있었다. 수없이 쏟아지는 예쁘고 아름다운 글들이 내 삶을 이끌고 있었으며 나도 모르는 사이에 내 일상은 한글에 대한 관심과 사랑으로 채워지고 있었다.

거의 반세기를 한국이 아닌 이국땅에서 살다 보니 이제까지 난 한글에 너무나도 무관심했던 것 같다. 영어권에 사니까 영어가 더 필요하다 느끼며 산 듯했다. 일은 해야 했고 일을 하려니 영어가 필요했다. 그동안 한글의 소중함에 등을 돌리며 살았던 것이다. 이제부터라도 늦지 않았다. 한글에 푹 빠져 살기로 했다. 왜 이토록 매력적인 한글을 진작부터 사랑하지 못했을까 하는 아쉬움이 멈추지 않았다.

뭐니 뭐니 해도 가장 귀한 발견은 글의 힘이었다. 말 한마디가 사람을 살리듯 한 글귀가, 한 문장이 우리들의 아픈 상처를 치유한다. 때로는 위로가 되고 기쁨이 되기도 한다. 글이란 녀석은 비포장도로만큼이나 울퉁불퉁한 우리의 거친 삶을 갈고닦아 준다. 그런 후엔 단단하면서도 부드럽게 다듬어진 길로 우리를 안내한다. 글의 풍류를 즐길 줄 아는 삶을 누리고 싶도록 우리를 유혹하기도 한다.

지금은 글을 잘 쓰고 못 쓰고는 나에게 문제가 되지 않는다. 잘못 썼다면 하나씩 고쳐 가면서 배우면 된다. 어찌 첫술부터 배가 부를까? 고칠 것이 많다면 그만큼 배움도 많다는 이야기일 터이니 조금도 주눅 들 것 없다. 중요한 것은 배움이다. 글 쓰는 일이 즐거움이라면 글 쓰는 즐거움, 배우는 즐거움 둘 다 누릴 수 있으니 단연 일거양득이요, 일석이조일 것이다.

팔색조 막내 꽁지 언니는 현역 작가다. 자신의 소설을 쓰는 것 외에도 서평, 평론, 추천의 글 등을 쓰느라 무척 바쁜 언니다. 하지만 왕언니들 기왕 바람난 김에 제대로 바람피우라는 듯이 그 바쁜 와중에도 팔색조들에게 한글에 대해 틈틈이 많은 것을 알려 준다. 난 그저 고마울 뿐이다.

다른 팔색조 왕언니들에게도 난 늘 감사한다. 나의 글 동무가 되어 주고 또 나의 인생길 동무가 되어 주어 정말 고맙다. "글이 곧 그 사람"이라는 말이 오래전부터 회자되고 있듯이, 각자의 개성이 도드라지는 팔색조 왕언니들의 멋진 글들을 읽을 때마다 나는 그 말에 공감하고 또 공감한다. 옛 추억을 되살리며 쓴 글을 대할 때는 어찌 그 먼 옛일들을 그 나이에 그리도 생생히 잘 기억하고 있는지 왕언니들의 기막힌 기억력을 찬탄할 뿐이다. 바람난 시드니 왕언니들은 인생 학교 7학년 생도들이다. 꽁지 언니는 한 학년 아래다. 늦바람이 더 무섭다고 고희를 훌쩍 넘은 왕언니들의 끈질긴 글 바람을 감히 어느 누가 잠재울 수 있단 말인가? 글 바람난 왕언니들에게 나이는 그저 숫자일 뿐이다.

행복해지고 싶어 글을 쓰는 나! 글을 쓰면서 행복해하는 왕언니들의 여덟 번째 글이 이번 달에 나올 예정이다. 자기만의 끼를 맘껏 펼쳐 가며 지금쯤 글쓰기 삼매경에 빠져 있을 왕언니들을 생각하면 미소가 절로 지어진다. 팔색조가 각기 다른 색깔의 날개를 펼칠 때 어떤 일들이 벌어질까. 환상적인 아름다움을 맛볼 생각에 벌써부터 글에 대한 기대가 크다. 이번엔 또 어떤 절묘한 표현과 묘사를 그들 각자의 날개 위에 담아 올릴지 상상만으로도 뿌듯하다.

오늘도 우리 팔색조는 삶과 행복, 때로는 아픈 기억까지도 예쁜 글로 다듬어 가며 글쓰기를 마음껏 즐길 테지.

겸허한 비상을 꿈꾸고 있을 팔색조와 글 사랑에 빠진 나의 모습이 마냥 사랑스럽다. 하늘을 향해 큰 소리로 외쳐 본다.

"바람난 팔색조 비상이오!"

✍ 심무경

» 『문학과 시드니』 제2집에 기고한 글이다.

심봤다!

다리 통증으로 움직이지 못한 지 꽉 찬 2년이 되었다. 앉은뱅이가 될까 봐 요즘은 모빌리티에 의지하여 걸음마를 연습하고 있다. 4년 전부터 책을 좋아하는 동문 가족이 모여 독서 모임을 시작했다. 그 후 이런저런 사정으로 시들하던 차에 막내 현역 동화작가가 새바람을 일으켰다. 그동안 독후감 쓴 것들을 읽으면서 깜짝 놀랐다고 한다. 우선 책을 많이 읽는 것도 놀랍고 독후감 수준도 상당하니 수필 쓰기를 시도해 보면 좋겠다고 부추겼다. 긴가민가하면서도 솔깃해졌다.

회원이 모두 할머니들이니 요즘 대세인 할머니들의 이야기 중에서 우선 손자 손녀들과의 에피소드를 써 보자고 뜻을 모았다. 손자

손녀 얘기만 나오면 싱글벙글하는 할머니들이니까. “시작이 반이다”라는 옛말처럼 드디어 첫 번째 작품 합평회까지 끝나고 두 번째 작품을 쓰기 시작했다. 어느 날 우리의 미래인 손자 손녀들에게 안겨 줄 예쁜 수필집이 태어날 꿈을 꾸며 희망이 풍선처럼 부풀어 오른다.

막내 회원이 “아이들의 흥미 유발을 위해 삽화도 넣으면 좋겠어요” 하고 제안한다. “그래? 그림이라면 글쓰기보다는 연륜이 있으니 시도해 볼까?” 그래서 이것저것 뒤적이다가 깜짝 놀랐다. 여기저기에서 뜻밖의 귀한 자료들이 계속 튀어나온다. 삽화를 그리기 위한 크로키, 한국의 민화, 전통 문양 등 소중한 자료들이 고구마 줄기처럼 주렁주렁 매달려 쏟아져 나왔다.

마치 고분 발굴이라도 하는 양 흥분해서 몇 날 며칠 파내고 정리하는 데 일주일이 걸렸다. 아주 오래전 대학 시절부터 작품 하는 데 도움이 될 스크랩, 스케치해 두는 습관이 지금까지 이어 왔던 거다. 개인전을 염두에 두고 준비만 해 놓고 11년 동안 학생들을 가르치느라 보류해 두었었다.

이민 와서는 30년 동안 지하에 파묻혀 고분 속 유물이 되었던 거다. 눈물겨운 내 꿈의 덩어리들이다. 생존에 밀려 멀리 잊혔고 숨겨두었던 나의 보물들이 내 가슴을 다시 뜨겁게 일렁이게 한다. 반가워서, 가여워서, 기특해서 자꾸 눈물이 난다.

거동이 불편해지고 팬데믹으로 외출도 마음 편히 하지 못하는 상황에서 나에게 최상의 미션이 주어진 것이다. 나는 절호의 찬스를 놓치지 말자고 다짐했다. 구슬이 서 말이라도 꿰어야 하듯이, 이젠 미루지 말고 한 알씩 꿰어 나가야겠다. 개인전을 못 하더라도 수필집을 못 내더라도 괜찮다. 내 아들딸과 손자 손녀들에게 유산 대신 남겨 줄 작품을 만들어 주려고 마음먹으니 힘이 난다. 벌써 즐겁고 행복하다. 나를 수시로 부추기는 나의 뮤즈들이 내 주변을 날아다니며 속삭인다. "할 수 있다"라고.

거의 들춰 보지도 않았던 케케묵은 앨범에 갇혀 있던, 떠나간 자식들의 사진을 골라서 한 자리에 모았다. 오리고 붙이고 콜라주 작업을 해서 낙관까지 찍었다. 3대 가족이 모인 잔치에 펼쳐 놓으니 어릴 적 같이 놀던 강아지들의 출연에 아이들이 눈물을 찔끔거린다. 잠자던 사진들이 모이자 아들네 딸네 집에서 웃음꽃이 피어난다. 한자리에 모여 추억에 잠길 수 있어서 흐뭇해진 딸이 엄마의 팝아트 작품을 가보로 보관하겠다고 하여 무척 기뻤다.

딸에게 부탁했다. 손자 손녀에게 할아버지 할머니도 젊고 아름다운 시절이 있었다고 말해다오. 꼬옥. 걸핏하면 페이스톡 들이대서 민얼굴에 산발한 마귀할멈을 할머니로 기억할까 봐 두려워서다. 딸이 눈물 흘리는 이모티콘을 보내왔다.

앞으로의 미술 작업은 나의 고분에서 출토된 보물들이 빛을 머금고 환하게 웃을 수 있는 날까지 계속될 것이다. 참고 기다려 준 그들에게 고운 색깔의 옷을 입혀 사랑받게 해 줘야겠다.

어디선가 귀에 익고 신명 나는 풍악 소리가 울려 퍼진다. 요란한 꽹과리 소리와 함께 하회탈들이 다정하고 익살스러운 얼굴을 앞다투어 내민다. 하얀 버선발들이 종종걸음으로 달려 나와 사뿐히 나비처럼 춤을 춘다. 얼씨구 좋다! 민화 속 십장생들이 수런거린다. 백수백복도가 에헴 헛기침을 한다. 연날리기, 널뛰기, 그네타기, 씨름, 활쏘기 무궁무진 왁자지껄 잔치 한바탕 즐겨 보세.

얼쑤! 좋구나, 심봤다!

✍ 박조향

6. 손주가 뭐길래

할머니 집에 가!

© 박조향

어린 손녀, 겨우 두 살밖에 되지 않은 손녀딸이 당돌하게 쳐다보며 한 말이다. "할머니 집에 가!" 갑작스러운 말에 말문이 막혔다. 섭섭했다. 서러워 눈물이 나려고 했다. 예순이 훌쩍 넘은 할미가 두 살배기 손녀에게 된통 무시를 당했다. 당장 보따리를 싸서 영감이 있는 한국으로 돌아가고 싶었다. 남편이 어서 와, 라며 나를 반겨 주리라. 그러나 어찌하랴. 며느리의 둘째 아이 해산 도우미로 북경까지 왔는데 미처 시작도 하지 못하고 돌아갈 수는 없었다. 할머니로서 자존심과 체면이 서지 않는 일이다. 손녀는 잘못했다고 사과하기는 커녕 고개를 빳빳이 하고 빤히 쳐다만 볼 뿐이다.

문득 나의 어린 시절, 유치원 때의 일이 생각났다. 어느 날 한 살

위인 팔촌 언니랑 싸우다가 벌을 받게 되었다. 눈치 빠른 언니는 잘못했다 사과하고 빨리 풀려났는데 난 끝내 잘못했다는 말을 하지 않아 계속 벌을 받았다. 잘못한 게 없는데 잘못했다고 사과하라 하니 그런 마음에도 없는 말은 도저히 할 수 없었다. 구석진 곳에 혼자 오래 서서 벌을 받았던 일이 생각났다.

그 할머니에 그 손녀인가? 손녀는 끝까지 잘못했다 하지 않았고 결국에 그 사실을 알게 된 아들이 사태를 수습하였다. 아들이 딸의 손을 잡고 고개를 숙이며 "잘못했습니다"라고 대신 사과했다. 손녀는 뾰로통한 표정이었다. 이해는 갔다. 그도 그럴 것이 나와 아들 부부는 손녀딸이 갓 태어났을 때 잠시 보고 그 후에는 각자 한국과 북경에서 떨어져 살았던 것이다. 그러니 손녀에게 할머니란 그저 낯선 늙은이일 뿐이었다.

그동안 맏손녀는 병원에 입원한 엄마와 며칠 떨어져 살았다. 그것만으로도 외롭고 슬펐는데 할머니의 도착과 동시에 동생에게 엄마의 사랑까지도 빼앗겼으니. 할머니는 단지 엄마로부터 자신을 떼어 놓는 반갑지 않은 방해꾼일 뿐이었다. 할머니만 가고 없다면 더 이상 엄마로부터 "할머니에게 가 봐" 같은 섭섭한 말을 듣지 않을 텐데. 그래서 낯설기만 한 나에게 "할머니 집에 가!"라고 외친 것이다. 그때는 그런 상처받은 어린 손주를 사랑으로 보듬어 안아 주지 못하고 어린애처럼 삐쳤으니 나도 두 살배기 손녀와 별 다를 게 없었던 모양이다. 되돌아보니 참으로 부끄러운 일이다.

그 후 세월이 흘러 나 혼자서 홍콩 아들 집에 한달 쯤 머무를 기회가 있었다. 그동안 맏손녀는 훌쩍 자라서 초등학교 2학년이 되었고 두 살 아래 여동생과 막내 남동생도 생겼다. 마침 학교에서 영어는 물론 한국어도 가르쳐 주어서 영어가 서툰 할머니와 의사소통이 되었다. 외국에 사는 손주들이 한국말을 하니 어찌나 기특한지 좀 서툰 한국말을 하여도 그것까지 귀엽고 대견했다.

세 아이 모두 건강하고 부모 사랑 듬뿍 받으며 행복하게 살고 있었다. 그러나 그들에게는 힘든 일이 하나 있었다. 하루의 일과가 끝나면 저녁 일곱 시인데도 일찌감치 어둡고 좁은 자기들 방에 들어가 잠을 자야 했다. 엄마가 정한 엄한 규율이다. 홍콩의 주거지는 좁고 방도 작다. 이층 벙커침대 하나가 들어가고 나면 겨우 한 사람 이 지나다닐 공간밖에 남지 않는 좁은 방이다. 더욱이 세 아이를 한 방에서 재우기 위해 침대 밑에 있는 간이침대까지 빼내면 방은 침대로 꽉 차서 발 디딜 틈도 없어진다. 밝고 환한 응접실로 나와 더 놀고 싶은데 엄마가 밖에 앉아 있으니 방에서 나오지도 못한다. 화장실을 핑계로 한 번 정도는 살짝 나올 수 있지만 그 이상은 안 통한다.

이번 기회에 손주들과 좀 친해 볼까? 잠이 올 리 없는 내가 일찌감치 손주들 잠자리에 비집고 같이 누웠다. 어두운 곳에서 아이들과 할 수 있는 건 내가 그들의 친구가 되어 놀아 주는 수밖에 없다.

막 이야기보따리를 풀었다. 토끼와 거북이, 콩쥐 팥쥐, 이야기가 곧 바닥이 드러났다. 그럼 성경의 인물 이야기를 해 볼까? 삼손과 데릴라, 다윗과 골리앗, 저들도 교회에서 많이 들은 얘기라 할머니만큼은 알고 있다. 자, 그럼 함께 노래를 부르자. 산토끼 토끼야, 깊은 산속 옹달샘, 따르릉따르릉. 나중에는 애국가도 합창하고 학교 교가까지도 불러 본다. 내 얘기가 달리면 각자의 얘기 시간도 가져 본다. 어둠 속에서 함께 노래하고 얘기 나누고 귀 기울여 듣기도 하다가 드디어 한 놈 한 놈씩 잠이 든다.

한 달이 지나가고 얘깃거리도 궁해졌다. 아 참, 아이들은 똥 얘기를 특히 좋아한다지! 피난 시절 실제 겪은 얘기를 들려주었다. 할머니가 만 세 살 반 때 육이오 사변이 터졌지. 초등학교 6학년이던 오빠와 1학년이었던 언니와 돌도 되지 않은 남동생이랑 피난을 갔어. 서울에서 왜관이라는 데까지 가는 기차를 간신히 얻어 탔는데 기차 지붕에도 피난민들이 빽빽이 앉아 있었어. 그들의 얼굴에 새까만 검댕이 묻어 있었는데 굴속을 지나면서 그리 된 것 같아. 우리는 운 좋게 기차 안으로 들어가긴 했지만 앉을 데가 없었어. 큰 드럼통이 쌓여 있던 화물칸이었기 때문이지. 좌석은커녕 바닥에 엉덩이를 붙이고 앉아 있기만 해도 그게 바로 일등석이야. 밤이 되어 배가 고픈데 먹을 것이 없고 음식을 파는 곳도 없으니 모두 뱃속에서 꼬르륵 했지. 참다가 못한 오빠가 전날 먹다 남은 고구마 부스러기라도 있나 하고 이리저리 더듬거렸어. 아니 이게 뭐람. 작은 고구마가 손에 잡히는 거야. 웬 떡인가! 하고 몰래 한 입 콱 베어 먹었지. 아이코, 그것은 기저귀에 싸 둔 동생의 똥이었네! 하하하. 그들은 배꼽을 잡고 한참 웃는다.

한 달의 방문 일정이 끝나고 헤어질 시간이 되었다. "할머니는 오늘 밤 너희들과 함께 자고 내일이 되면 한국으로 간다. 다들 사이좋게 잘 지내렴" 하고 작별 인사를 미리 끝냈다.

"할머니 가지 마세요!"

맏손녀의 그 한마디에 할머니는 더없이 행복하여 그만 눈물이 났다. 오래전 들었던 "할머니 집에 가!"라는 섭섭했던 그 말이 눈 녹듯이 사라졌다. 이제 비로소 손주들에게 인정받는 할미가 되었구나! 하는 감격에 저절로 환호성이 터졌다. 나는 아무에게도 들킬 염려가 없는 어두움 속에서 행복에 취하여 오랫동안 환하게 웃었다.

✍ 배명희

우리 애가 살았어요!

© 박조향

얼마 전 뉴스에서 3세의 남아 자폐 아동이 실종된 지 3일 만에 부모의 품으로 돌아온 기사가 보도되었다. 경찰은 헬기를 동원해 광활한 숲속의 개울가에서 물을 마시고 있는 아이를 발견했다. 말도 못 하는 아이가 어떻게 사흘간의 밤을 먹을 것도 없이 섭씨 2도까지 내려간 추운 숲속에서 비 오는 밤을 견디며 살아남을 수 있었는지 기적이 아닐 수 없었다. 자폐증인 아동이 정상 아동보다 위험 의식이 약하기 때문에 그는 길을 잃은 줄도 몰라서 겁먹지도, 당황하지도 않았다는 기사였다. 아이는 발견된 곳 근처의 웜뱃* 동굴에서 잠을 잤을 것으로 추정되었다.

어떠한 부모라도 자녀가 희소병을 앓고 있거나 선천성 질환이 있어 심하게 아플 때면 차라리 자기 자신이 아프길 바라는 마음을 가지게 될 것이다. 어느 날 낳은 지 얼마 안 되는 딸아이를 어르던 남편이 물었다.

“여보! 이 아이는 젖을 먹을 때 왜 이렇게 코를 벌렁거려?”

“그러게….”

그때 나는 웃으면서 대수롭지 않게 생각했다. 그러나 몇 개월도 안 되어 큰딸이 코를 더욱 벌렁거리며 숨쉬기도 어려워하자 급히 B병원 문을 두드리게 되었다. 병원에서는 폐렴이라 생각하여 링거에 항생제를 타 가느다란 팔에 꽂았다. 그런 중에도 아이는 가습기 속에서 숨을 할딱이고 있었다. ‘이러다가 죽지는 않을까?’ 하는 공포감에 사로잡혀 참다못한 내가 물었다.

“의사 선생님, 항생제가 혈관으로 들어가는데 왜 아이의 기침이 더 심해지고 상태가 나빠질까요? 퇴원하게 해 주세요.”

“저희에게 한 번만 더 기회를 주십시오. 내일 다른 항생제로 바꿔 보겠습니다.”

의사는 도망치듯 맞은편 아이의 침대 곁으로 다가갔다. 그 아이는 며칠 전에 살려 낸 아이로, 그의 부모에게 다가가 자랑스러운 표정으로 아이를 어르는 것이었다. 나는 병실 바닥에 주저앉아 엉엉 소리 내어 울었다. 남편이 전문의를 가까스로 설득한 후 링거와 진료 기록을 그대로 가지고 아이를 S대학 병원 응급실로 옮겼다. 대학 병원에 도착하자, 의사가 여러 가지 검사를 마친 후 팔에 있던 링거를 모두 다 빼 버렸다. 내가 놀라 물었다.

"의사 선생님, 폐렴인데 왜 항생제 주입을 중지하시는 겁니까?

"폐렴이 아닙니다. 심장에 구멍이 있어요. 선천성 심장질환입니다."

의사는 훅 불면 날아가 버릴 정도의 흰 가루약 조금을 아이에게 주었다. 심장 수축을 도와주는 디곡신(Digoxin)을 투약하니 얼마 후 언제 아팠던가 의심이 갈 정도로 아이의 안색이 나아졌다. 당장은 죽을 고비를 넘겼으나 의사는 몸무게가 10kg 이상이 되어야 수술할 수 있다고 말했다. 아이를 1년 6개월까지 키우는 데 많은 어려움이 있었지만, 드디어 몸무게가 10kg이 되어 성공적으로 수술을 받게 되었고 아이는 로봇 장난감을 갖고 침대에서 잘 놀았다. 일주일 후 건강해진 모습을 보며 다음날 퇴원하게 되어 나는 마음이 풍선처럼 부풀었다.

"엄마! 나 김밥 먹고 싶어!"

"큰엄마가 맛있는 김밥 만들어 가지고 오신다고 했는데." 나는 잠시 시간을 확인하고 아이에게 물었다. "지금 배고프니? 그럼 병원 매점에 가서 한 줄만 사다 줄게. 먹을래?"

"응." 아이가 고개를 끄덕였다.

그러나 다음 날 아침 딸은 별안간 열이 거의 40도까지 오르기 시작했다. 수술 후 염증이 생겼나 하여 의사 선생님이 서둘러 검사를 해 보니 원인은 김밥 속의 장티푸스균이었다. 심장 수술할 때는 혈관 절개를 통해 항생제를 희석한 링거를 주입하여 고통이 없었지만, 혈관 절개를 봉한 후에는 소아의 정맥주사에 숙련되지 못한 인턴 의사가 아이의 가느다란 혈관을 찾느라 애를 써야 했다. 아이는 자지러지게 울어 댔다.

"엄마, 이따가 맞아! 엄마, 이따가 맞아!"

절대로 "안 맞겠다"라고 하지 않고 "이따가 맞겠다"라고 말하는 딸이 두 살도 채 되지 않은 아이란 걸 상기할 때면 더욱 애처로웠다. 아이는 심장 수술보다 장티푸스로 더 고생했지만, 아이가 건강을 되찾게 되어 온 가족이 감사의 눈물을 흘렸다. 등에 사선으로 길게 흉터가 남았지만 큰딸은 이를 생명을 구해 준 자랑스러운 영광의 상처로 생각하며 건강하게 자라 주었다. 아이가 커서 호주에 이민해 온 후 초등학교 6학년 때는 수영 선수로 캔버라 대표로 출전하기도 했다.

세월이 흘러 두 딸이 결혼하고 나는 할머니가 되어 갔다. 어느 날 영국 런던에 사는 작은딸로부터 반가운 여아 탄생 소식이 날아왔다. 그런데 기쁨이 채 가시기도 전에 아기를 저혈당으로 병원에 입원시켰다는 것이다. 얼른 인터넷을 찾아보니 그 병은 신생아 중에서 0.5~4퍼센트로 발생하며 신생아의 저혈당 상태가 오래 지속되면 두뇌 손상이 올 수 있다는 무서운 내용이있었다. '살아도 두뇌 손상이 오게 되면 어쩌나?' 걱정하며 당장 항공권을 샀다. 런던으로 날아가 보니 3.2kg의 어린 신생아가 3시간마다 연약한 팔뚝에서 피를 뽑아 혈당 검사를 받고 있었고 그 조그만 팔에는 링거가 꽂혀 있었다.

가족 모두의 두려움과 공포감은 피를 말리는 듯했다. 얼마 후 신생아는 집으로 퇴원해서 24시간 동안 전담 간호사를 3교대로 나누어 3시간마다 혈당 검사와 치료 약을 투여받았다. 축 늘어진 가련한 신생아 손녀를 팔에 안고 자장가를 불러 줄 때 나의 눈시울은 마르지를 못했다. 언제까지나 우리 부부가 런던에 머무를 수는 없어 시드니로 돌아왔지만, 고생하고 있을 어린 손녀와 수면 부족에 시달리고 있을 딸 부부를 생각하면 안타까운 심정 말로 할 수 없었다.

그로부터 10개월 후 작은딸에게서 연락이 왔다. 아기가 다시 병원에 입원하여 저혈당 정밀 검사를 받은 후 전문의와 앞으로의 계획에 대해 상의해야 한다고 했다. 우리 부부는 다시 런던으로 무거운 발걸음을 옮겼다. 손녀는 병원에 입원하여 여러 가지 검사를 받았지만 전문의는 이렇다 할 확실한 결과를 미루고 있었다. 딸이 화가 나서 말했다.

"엄마, 퇴원하게 짐 싸세요."

"아니, 의사가 오후 늦게 면담하러 온다고 했잖아. 의사 말을 듣고 퇴원하든가 말든가 해야지."

"들으나 마나예요. 매일 혈당 검사하고 주사 맞히라는 거겠죠."

딸은 딸대로 신경이 날카로워져 있었다.

"엄마의 말 때문에 딸을 입원 시켰던 거였어요."

"그게 무슨 소리야?"

"내 딸이 병원에 입원한 뒤로 고생만 하고 있으니까요!"

"그럼 엄마, 아빠가 시드니로 돌아갈까?"

작은딸은 울먹이며 병실 밖으로 휙 나가 버렸다. 오랜 시간을 기다려 의사와 상담했으나, 결국 검사 결과를 기다려 보아야 한다는 속절없는 이야기만 들었다. 우리는 아무런 기약 없이 퇴원하였다. 나는 그때 작은딸의 모습을 잊을 수가 없다. 실망감과 무력감이 뒤죽박죽된, '왜 나에게만?'이라는 분노가 뒤섞인 초라하고 불쌍했던 딸의 모습. 지금도 그 일을 생각하면 눈물이 솟는다.

일주일 후 검사 결과와 함께 전문의로부터 편지가 날아왔다. 자연적으로 저혈당 상태가 사라졌다는 소견서였다. 모든 약을 끊고 정상으로 생활해도 된다는 기쁜 소식이었다.

"아니, 이럴 수가? 자연적으로 소멸하다니!"

"너무 좋아서 믿을 수가 없네!"

하나님께 감사하며 모든 식구가 기쁨의 눈물을 흘렸다.

그 후 손녀는 별문제 없이 잘 자라고 있다. 지금 5살인 손녀는 영어로 재잘대며 수영과 발레를 배우며 활발하게 지내고 있다. 나는 큰딸의 '선천성 심장질환'과 손녀의 '신생아 저혈당증' 등 치명적 질환을 경험한 후부터는 매사에 만족하며 밝은 생활을 하려고 노력한다. 불평이란 단어를 입에 담지 않고 작은 것에 감사하며 소소한 일상을 행복으로 만들겠다고 다짐해 본다.

✍ 김정인

* 웜뱃: 캥거루나 코알라처럼 새끼주머니가 있는 유대목 웜뱃과의 호주 서식 동물

한국 유치원 유학기

지금 손자들이 중3, 중1이니 꽤 오래전 이야기가 되어 버렸지만 지금도 생각하면 한없이 부끄럽고 실소를 금치 못할 에피소드가 있다. 나는 호주인 아빠를 가진 손자가 두 명이 있는, 디지털 시대에 사는 아날로그 할머니이다.

다섯 살과 일곱 살 손자들에게 한국 정서와 한국어를 가르치고 싶은 욕심이 있었다. 2, 3개월 정도 서울에 있는 유치원에 입학해 한국 아이들과 어울리면 좋겠다 싶어 무작정 손자들을 데리고 딸 내외와 서울행 비행기에 올랐다.

서울에 도착하자마자 유치원을 수소문하기 시작했다. 그때야 알게 된 사실이지만 인기 있는 유치원들은 아이가 태어나자마자 등록

해 놓고 순서를 기다리는 정도였다. 그래서 우리가 좋다고 찍어 놓은 유치원은 등록이 거의 불가능해 보였지만 쉽사리 포기할 수는 없는 일이었다. 설레는 마음으로 유치원에 방문하여 특별한 사정을 얘기하고 받아 달라고 간곡히 부탁했다.

원장님의 "정원 초과는 절대 안 되지만 학부모 회의를 거쳐 의견을 수렴한 뒤 며칠 내로 연락을 드리겠다"라는 말을 믿고 돌아설 수밖에 없었다. 다행히도 며칠 후에 아이를 받아 주겠다는 연락이 왔다. 약간의 기부금과 학비를 내고 외국인 특채로 등록하는 조건이었다.

하지만 이것이 한국을 오래전에 떠난 아날로그 할머니의 엄청난 착각으로 벌어진, 어처구니없는 해프닝으로 끝나게 될 줄이야….

우리는 아이들을 열심히 유치원에 데려다주며 곧 한국말을 잘하게 되리라는 기대에 부풀었다. 아이들도 새로운 환경에 잘 적응하며 무척 즐거운 듯이 보였다. 하원한 아이들에게 "오늘 친구하고 잘 놀았어?" 하고 물어보면 "네" 하는 명쾌한 대답이 돌아와서 우리는 잘 따라가고 있구나 생각했다. 아이들을 서울에 데려와 유치원에 보내기를 잘 했구나 싶어 흐뭇해했다. 그런데 꽤 여러 날이 지나도 아이들이 그날 배운 한국말로 이야기하는 걸 듣지 못해서 은근히 걱정되었다. 그래서 "이제는 친구들과 한국말로 이야기하니?" 하고 물어보았다. 아이들이 행복한 표정으로 대답하기를, 거의 모든 아이가 영어에 관심이 많고 영어로 대화하는 것을 좋아해서 우리 손자들을 따라다니며 영어로 얘기하자고 조른다는 것이었다.

나는 그제야 오래전에 한국을 떠나 고국이 얼마나 달라지고 발전했는지 개념조차 없었다는 사실을 깨달았다. 고국을 떠났던 당시의 시간 여행으로 되돌아가서 혼자 판단하고 착각해서 어이없는 일을 벌인 것이다. 우리 아이들은 한국어를 배우기는커녕 영어 회화를 도와주는 인기 만점의 조력자가 되어 그렇게 행복해했던 것이다. '차라리 한적한 시골 마을 조그만 동네 유치원에 넣었으면 상황이 달라졌을까?' 하고 후회한들 이미 엎어진 물이고 깨어진 독이 된 것이었다.

그곳의 학부모 파워는 대단했고 영어 과외를 다니는 아이들이 많았기 때문에 자신의 아이들 영어 회화 연습에 유익하다고 우리 애들을 받아 주자고 결정했다는 것을 깨닫고 나니 한동안 마음이 씁쓸했다. 아이들이 철들어서 한국어를 배우고 싶어할 때 기회를 주어도 늦지 않는다는 단순한 진리를 다시 한번 새삼스럽게 깨닫는 계기가 되었다. 그래도 사위와 딸은 아이들이 유치원 다니며 행복한 추억도 많이 쌓았고 한국 곳곳을 여행하며 온 가족이 즐거웠으니 그것으로 만족한다며 나를 위로해 주었다.

유치원 사건은 손자들이 한국어를 배우지도 못하고 하룻밤의 꿈으로 끝나 버렸다. 그때의 그 허탈한 심정과 자괴감은 오랫동안 나에게 상처가 되어 고스란히 남았지만, 지금은 그때를 떠올리면 피식하고 웃음이 나온다.

다행히도 요즈음은 케이팝 열풍으로 EXO와 BTS 노래에 관심을 가지고 제법 잘 따라 부르는 손자들을 보니 할머니의 노력이 아주 헛된 꿈은 아니었나 보다. 큰 손자는 할머니를 따라 한국에 가서 한국어를 배우겠다고 하니 흐뭇하다. 한국어를 잘해서 할아버지 할머니와 속 깊은 얘기를 나눌 수 있는 날이 곧 오리라 기대해 본다. 그날을 위해서 할머니는 다시 한번 꿈의 나래를 활짝 펼치며 아이들과 함께 손동작 노래 〈푸른 하늘 은하수〉를 목청껏 부르리라는 희망의 끈을 놓지 않고 간직할 것이다.

✍ 김수영

국수 한 그릇

세끼 밥만 먹던 한국인들에게 국수는 별미라서인지 예로부터 잔치 음식으로 대접받았다. 근대에 와서 반찬 없이도 먹는 간편식으로 자리를 잡았는데 속이 출출할 땐 면과 함께 마시는 국물이 안성맞춤이다. 여행 중 고속도로 휴게소에서 잠깐 쉬는 틈에 먹는 국수와 따끈한 국물은 울렁이는 뱃속을 진정시켜 주어 가장 인기 있는 상품이 되었다. 근 20년 전 고국 방문 중에 일본 삿포로 단체 여행을 간 적이 있다. 버스를 타고 이동하는 동안 한국 여성 가이드가 그 당시 일본에서 대히트를 친 『우동 한 그릇』이라는 동화를 읽어 주었다.

한 해가 저무는 섣달 그믐날 밤 10시경 우동집 주인이 막 가게를

닫으려는데 허름한 옷차림의 여자 손님이 어린 두 아들을 데리고 들어와서 조심스럽게 "우동 한 그릇 시켜도 되나요?" 하고 물었다. 무뚝뚝해 보이는 주인은 측은한 마음이 들어서인지 그들이 눈치채지 못하게 일 인분 사리 한 덩어리에 반 정도의 뭉치를 더 보태어 대접한다. 뜻밖의 친절에 온 가족이 맛있게 먹고 행복해하며 돌아가더니 다음 해 그다음 해도 그믐날이면 그들은 그 가게를 찾는다. 오랫동안 소식이 끊겼던 어느 해 훌륭한 직장인이 된 두 아들과 나이 든 엄마가 다시 가게 주인을 찾아와 옛날 일을 감사하는 것으로 이야기는 끝난다. 연말 그믐이면 꼭 번듯한 식당에 가서 우동을 시켜 먹으며 한 해의 마무리를 하는 일본인 중 하나가 되고 싶었던 가난하고 소외된 가족의 이야기가 내 가슴에 와닿았다.

호주에 이민 왔던 당시 아들과 딸은 중 고등학생이었다. 일하느라 귀가 시간이 늦었던 우리 부부에게는 애들과 함께 지낼 수 있는 시간이 별로 없었다. 일요일은 쉬는 날이고 가족의 날이었다. 남편과 아들이 국수를 좋아해서 자주 국수를 해 먹었다. 밀가루 반죽을 만들면 아들이 밀대로 밀어 주었다. 그렇게 만든 닭 칼국수가 가장 인기 있었다. 친구들과 우르르 몰려가서 먹던 명동 닭 칼국수 맛을 그리워하며 양념장을 만들었다. 국수는 잔치 음식이라더니 가족이 둘러앉아 뜨거운 국수를 후후 불어 가며 먹으면 유난히 춥게 느껴지던 호주의 추위도, 가게 손님들에게 받았던 스트레스도 물러가고 다시 살아갈 힘이 솟는 것 같았다.

아들이 결혼해서 새 며느리가 들어왔을 때도 우리 집 특식은 칼국수라고 소개하면서 자주 해 먹었다. 근 한 시간을 부엌에서 함께 작업하다가 먹으니까 유대감이 더해지고 맛도 배가했다. 나중에는 간이 국수틀을 장만했다. 이탈리아 사람들이 파스타 만드는 틀로 사용하는 국수틀을 구입한 후 일이 한층 쉬워졌다. 그러나 그것도 잠시였다. 귀찮아서일까 아니면 경제적 여유가 생겨서일까 어쨌든 국수틀은 찬장 한구석을 차지하고 대가족이 모일 때는 정원에 나가 고기를 구워 먹는 게 전부가 되었다.

멜버른에 살다가 아들네는 그곳에 두고 나머지 가족들은 기후도 좋고 한국 노인들이 많이 사는 시드니로 옮겨 온 지도 20년이 되어 간다. 호주에서 성장기를 거친 아들네는 이곳 스타일로 사느라 방학이면 애들을 데리고 우리를 방문하기보다 이곳저곳 여행 다니느라 늘 바쁘다.

그런데 웬일인지 아들이 2주간의 아이들 방학을 시드니에서 보내게 하겠다고 데리고 왔다. 아들은 일주일간의 휴가를 마치고 돌아가고, 나머지 일주일은 14살 된 큰손자와 이제 막 중학교에 들어간 12살의 둘째 손자를 우리 부부가 맡아서 돌보아 주어야 했다. 며느리는 애들 육아에 지쳤다며 이참에 집에서 쉬면서 양만큼 덩치가 큰 그들의 털북숭이 개를 돌보아야겠다고 했다.

아들이 돌아간 후 나머지 일주일을 어찌 보내어야 할지 고민 중이었는데 일주일 내내 비가 내려서 외출도 못하고 주로 집에서 지냈다. 밥만 먹으면 제 방으로 가는 손자들을 곁에 두려고 나는 묘수를 썼다. 아들이 새로 사다 준 노트북 사용법을 나에게 가르쳐 주는 대가로 과외비를 주겠다고 제안했다. 덕분에 손자들을 장시간 곁에 두고 지금까지 사용하던 컴퓨터와는 다른, 노트북 사용법을 익히며 친해졌다. 그리고 이번에는 더 대담한 제안을 했다.

"너희가 시드니 여행기를 써서 할머니에게 이 메일로 보내 주면, 그걸 본보기로 해서 할머니도 영어로 글짓기 공부를 하고 싶은데 어때?" 하고 꼬드겼다.

손자들은 이구동성으로 "전 작문이 제일 싫어요"라며 쉽게 넘어가지 않았다.

거절하던 아이들은 내가 과외비를 준다는 말에 결국은 마음을 바꾸어 제 방에 들어가더니 글을 지어 내게 이메일로 보냈다. 다음은 『시드니 체류기』라는 큰 손자의 작문 중 나에 관한 글이다.

할머니에게 노트북 사용법을 가르쳐 주었다. 마우스 대신 손가락을 사용하는 게 익숙하지 않아서 할머니는 배우기 힘들다고 계속 불평을 해댔다. 그래도 사용법을 외워야 한다며 내가 가르쳐 준 걸 열심히 공책에 적었다. 할머니 카카오톡을 노트북에 연결해 주려고 카카오톡 비밀번호를 물었다. 할머니는 비밀번호가 많아서 어느 것인지 모르겠다고 한참을 찾았다. 겨우 찾은 비밀번호는 맙소사! 내 이름과 생년월일이었다. "왜 그걸 비밀번호로 했어요?"라고 내가 물었다. "너는 내가 기억해야 할 제일 우선순위이기 때문이지"라는 할머니 말에 나는 순간 감격하지 않을 수 없었다.

나는 연애편지를 읽듯이 특별한 내용도 없는 손자의 글을 몇 번이나 읽었다. 나의 과외 교사가 된 그 애가 학생인 나에 대해 언급한 일로 우리에게는 남다른 유대감이 생겼다는 게 너무 좋았다. "배우기 힘들다고 불평했다"라며 내 흉을 본 것조차도 즐거웠다. 손자는 내가 비밀번호를 못 찾아 한참을 헤매는 동안 짜증도 안 내고 잘 참고 기다려 주었다. 아이들 아빠가 떠나던 날, 밤새 컴퓨터 게임을 할까 봐 10시에는 애들 소유의 전화기도 노트북도 할머니에게 맡기라고 지시했다. 애들은 더 하고 싶어 하면서도 그 규칙을 너무도 잘 지켜주었다. 내게는 착하기만 한 손자였다.

큰손자는 틴에이저 반항기가 되어선지 공부는 말할 것도 없고 숙제도 안 해 가기 일쑤라고 했다. 학교가 끝나도 집에 곧장 오지 않고 친구들과 시내를 돌아다니다가 밤늦게야 집에 돌아와서 부모 속을 썩인다고도 했다. 그래서 아들은 딴눈 팔지 않고 학업에만 열중했던 자신의 십 대 시절과 부모님의 집이 생각났을까? 오래된 집이라서 창틀에서 바람이 술술 들어오는, 겨울에도 전기 히터 하나로 버티며 이민 초기 때와 다름없이 사는 할아버지, 할머니와 지내다 보면 혹시나 자기 아들이 좀 달라지리라는 기대를 했는지 모른다.

드디어 가야 할 날이 왔다. 마지막 점심으로 무얼 해 줄까? 하고 궁리하다가 그동안 비가 올 때 안성맞춤이라고 자주 해 주던 국수를 준비했다. 바쁘게 살다가 10년 만에 고국 여행을 갔던 적이 있다. 그때 잠시 들렀던 일본 여행길에서 『우동 한 그릇』를 듣고 얼마나 감명을 받았던가. 우리 가족 이야기 같아서 마음이 움직였던 것 같고, 그래서 지금도 기억하고 있는 듯하다.

안정된 직장을 그만두고 이국으로 떠나온 우리는 물심양면으로 가난했고 앞날이 불안했다. 밀대로 밀어서 온갖 고명을 얹은 따뜻한 국수를 함께 먹으며 우리는 가족의 유대감 안에서 행복했고 미래의 걱정을 덜 수 있었다. 부모의 불안한 미래 대신 안정된 미래를 꿈꾸었던 아들은 다른 데 눈 돌리지 않고 학업에 충실해서 확실한 직업을 손에 넣을 수 있었다. 하지만 이곳에서 태어난 이민 3세대인 손자는 아무 어려움 없이 풍족하게 자란 탓인지 오히려 방황하고 있다. 자기 부모가 만들어 준 탄탄대로를 버리고 황무지 길로 가고 싶은 건 새로운 개척지를 찾아다니던 아주 먼 조상의 피가 그 애를 자극했기 때문일까?

아픈 손가락에 더 마음이 쓰이듯이 손자에 대해 걱정되는 소식을 들을 때마다 그 애는 더 내 마음 깊은 곳을 차지했다. 그 애틋한 마음을 담아 만든 국수 한 그릇이 마술 작용을 일으켜 하루아침에 그 애가 부모 말 잘 듣고 문제없는 모범생으로 거듭나 편안한 삶을 살아가기를 염원하며 나는 당분간 보지 못할 사랑스러운 손자를 두 눈 가득히 담고 있었다.

✍ 양혜자

아름다운 메아리

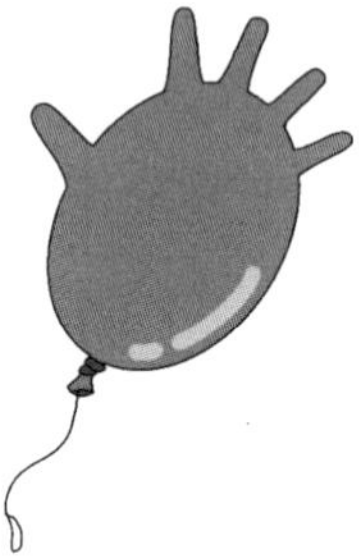

어린 시절의 기억은 인생의 보물창고라는 헤르만 헤세의 친절한 조언에 감사하며, 오늘도 어떤 보물을 아이의 창고에 넣어 줄까 하고 궁리하게 된다.

이스트우드*역 굴다리 길목에 이르면 건널목을 건너기 전 가까이서 기차를 볼 수 있는 안전한 장소가 있다. 방금 치과에서 나온 손자의 눈에 아직도 눈물방울이 맺혀 반짝거린다. 꼬마 기차 박사의 기분을 달래 주려고 좀 더 가까이 다가섰을 때 이마에 노란 불을 켠 멋진 기차가 움직이기 시작한다. 아이가 언제 울었냐는 듯이 바싹 다가가 두 손을 높이 쳐들고 기뻐한다. 치과의사가 아이의 팔목에 매달아 준 의료용 하얀 고무장갑 풍선도 함께 너울거린다. 아이가 팔

짝팔짝 뛰며 소리를 질러서 자세히 보니, 서서히 움직이기 시작한 기차의 작게 열린 운전문 사이로 커다란 손이 쑥 나와 아이를 향해 다정하게 흔들어 주는 게 아닌가. 기차가 속력을 내어 사라질 때까지 이 아름다운 소통은 아이의 가슴과 기억 창고에 오래 간직될 것이다. 가슴이 뭉클하고 눈시울이 뜨거워진다.

한껏 즐거워진 아이가 "할머니, 우리 어디 갈까?" 하고 앞장서서 뒷걸음을 걸으며 "뿌잉뿌잉~" 애교가 넘친다. 파출소 앞을 지날 때마다 아이가 궁금해서 기웃거리던 건물로 향한다. 안으로 들어서자 내근 중이던 네다섯 명의 경찰이 동시에 벌떡 일어나서 우릴 향해 무엇을 도와줄까 묻는다. 순간 좀 놀랬지만 노인 특유의 넉살이 발동한다. 이 꼬마가 폴리스를 너무 좋아해서 인사하러 왔다고 하자 그들의 얼굴이 환해지며 우르르 몰려나와 아이 키에 맞추어 허리 굽혀 차례로 하이파이브를 퍼붓는다. 아이와 경찰들은 유쾌하게 웃으며 서로 고맙다는 말을 연발한다. 평소 멀리서 스쳐 지나가도 흥분하던 우상 같은 경찰 아저씨 여럿을 한꺼번에 이렇게 아주 가까이에서 보고 만질 수 있으니 꿈인가 싶었을 것이다. 아이의 마음속엔 수많은 폭죽이 터지고 두둥실 풍선을 타고 하늘을 나는 기분인 듯 무아지경이다. 밤톨만 한 동양 아이가 불쑥 나타나 폴리스를 좋아한다니 신기하고 귀엽기도 하겠지.

얼마 전 시내에서 한 여자가 시위하던 관중을 저지하는 경찰에게

쌍욕을 퍼붓자 화가 난 경찰이 욕을 한 여자를 패대기쳐서 여론의 질타를 받은 사건이 있었다. 그 후 경찰의 사기가 뚝 떨어졌다는 소식을 들은 기억이 난다. 혹시 그래서 경찰이 아이를 더 반가워하는 걸까? 이건 때 묻은 할미의 억측일 뿐 아이는 마냥 행복해서 침을 꼴깍꼴깍 삼키며 온몸으로 즐긴다. 초롱초롱 빛나는 눈동자까지 현란하게 춤을 춘다. 헤어질 때 서로가 무수한 하트를 날리고 문밖까지 열렬한 배웅을 받으니 아이는 대만족이다. "우리 여기 또 오자." 다짐하는 아이의 발걸음이 개선장군같이 당당하다. 아이의 어깨너머에 깃발이 펄럭인다.

할미 닮아서 국수를 좋아하는 손주와 해물 스파게티를 먹으며 음악에 취하니, 손주를 바라보는 만족스러운 얼굴에 행복한 미소가 넘쳐흐른다. 점심 먹고 디저트까지 챙겨 먹어야 하는 아이는 아직 모든 식사를 점심으로 알고 있다. 삼시 세끼 중 점심이 가장 인상 깊은가 보다.

오늘 목적지는 보태닉 가든**에 있는 뉴사우스웨일스 아트갤러리이다. 평일이라서 조용한 분위기가 맘에 든다. 이미 와 본 적이 있는 아이가 꽉 다문 입술에 손가락을 붙이고 까치발로 살금살금 걸어 다니는 모습이 앙증스럽다. 조각 작품에 관심이 많은 아이가 신비로운 눈으로 열심히 들여다본다. 한참을 지켜보던 경비 아저씨가 아이에게 어느 나라에서 왔느냐고 묻는다. 아이가 아저씨를 향해 조용히 하라고 "쉿" 손가락을 입에 대고 가까이 가더니 귓속말로 "코리안"이라고 속삭였나 보다. 갑자기 경비 아저씨가 "오~ 필승 코리아! 대~ 한~ 민~ 국"을 외치며 엄지손가락을 높이 쳐든다. 갤러리 가득 붉은 악마의 추억이 출렁거린다. 지금은 아무도 없어서 괜찮다고 아이의 머리를 쓰다듬자 의기양양하여 결승 골 터뜨린 공격수처럼 화려한 골 세리머니를 연출한다. 축구광인 아빠의 아들다운 모습이 만화 영화의 주인공처럼 빛난다. 이 아름다운 영상이 태평양을 건너 고국의 태극 전사들에게도 전달되었으면 얼마나 좋을까.

아이의 보물창고에 두 명의 멋진 제복 아저씨가 쌓이겠지. 손자의 손을 꼭 잡아 본다. 헤세 할아버지의 미소가 이곳까지 번진다. 아름다운 메아리가 다시 돌아와 내 가슴을 설레게 한다.

✍ 박조향

* 이스트우드: 시드니의 한국인 밀집지역 중 하나. 교민은 물론 상권이 활발한 동네이다.
** 보태닉 가든: 시드니 왕립 식물원

7. 가족이라는 이름

엄마의 대야

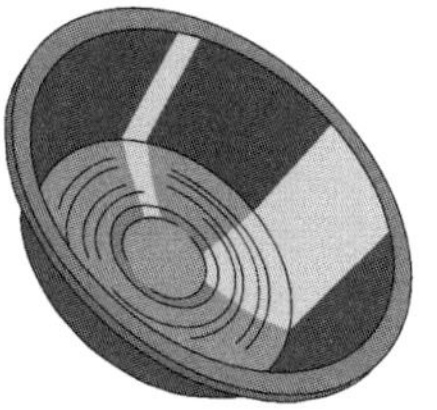

엄마 하면 생각나는 건 스테인리스 대야이다. 녹슬지도 않고 반짝이는 스텐 그릇이 새로 시중에 나돌자 주부들 사이에 너도나도 그 그릇들을 장만하는 게 대 유행이었다. 엄마도 어느 날 친구 따라 딸 혼숫감으로 쓰려고 '스텐 다라이 계'를 들었다고 했다. 나는 그런 것 필요 없노라 말하곤 잊어버렸는데 몇 달이 지난 후 엄마는 미안한 표정으로 말했다. 그 대야를 타서는 동생의 노래 레슨 선생님께 선물로 가져다드렸다고. 나는 대야에 대한 욕심보다는, 독일 유학까지 가서 오래 살다 온 여선생에게 어울리지 않는 촌스러운 대야를 선물이랍시고 가지고 간 엄마가 무안을 당하지는 않았을까 걱정이 앞섰다. 그 때문이었는지 이튿날 꿈에서 많은 사람이 오가는 큰길 한가운데서 그 무겁고 반짝이는 큰 대야를 머리에 인 엄마가 위풍당당하게 걸어가고 있었다. 꿈을 깨고 나서도 부끄러워서 나는 머리를 마구 저었다.

육 남매 중 다섯째인 내게는 막내 남동생이 하나 있다. 예쁘장하고 붙임성이 좋은 동생은 온 가족의 귀염둥이였다. 나이 많은 아버지의 사랑은 특별났고 바로 위의 나는 그 애의 누나라는 지위밖에 없어 어리광 한번 부려 보지 못하고 자랐다. 어느 해 여름, 학교에 갔다 오니 대문 밖에 동네 아줌마들이 웅성거리며 서 있었다. 열이 심해서 대학병원에 입원한 동생이 뇌염이라는 진단을 받고 위험한 상태에 있다고 했다. 그 병은 살아남아도 뇌 손상으로 바보가 되는 병이라고들 수군거렸다. 다행히 동생은 회복되어 집에 왔고 그 애는 집에서 특별 대우받는 왕자가 되었다. 몇 달이나 학교도 다니지 않았고 맛있는 건 모조리 그 애 차지였다. 엄마에게 그 애는 늘 병약한 아이였기에 숙제를 안 해도 공부를 안 해도 좋았다. 당연히 그 애는 학교공부가 뒤떨어졌고 공부에 대한 흥미를 잃어버렸다. 그 후 우리는 이사를 했고 학교도 옮겼지만, 동생은 여전히 공부에는 마음이 없었다.

공부 대신에 그 애는 노는 데 재미를 붙였다. 고학년이 되어 다들 가는 과외에서도 장난질이 심하다고 못 오게 했다. 혼자 남은 동생은 작은 애들을 모아 함께 개천으로 썰매를 타러 가거나 골목에서 놀았다. 엄마는 그 애가 골목대장을 하니 뭔가 남다르고 크게 될 놈이라고 위안 삼았다. 그러나 나는 헛된 희망에 매달리는 그녀가 안타까워서 "지 또래가 없으니 저보다 작은 애들 대장 노릇을 하는 게 당연하지 뭐가 크게 될 놈이야?" 하고 말해 그녀 마음을 아프게 했던 철없는 딸이었다. 어느 날 우리 집보다 몇 계단 위에 사는 윗집 아줌마가 찾아와서 말했다.

"댁의 아들이 한 살 어린 우리 큰아들을 자꾸 불러내어 놀자고 해서 공부에 방해가 되니 제발 댁의 아들 단속 좀 해 주세요." 엄마는 자신보다 열 살 이상 차이 나는 여자에게 모욕당했다고 분해했다. 그 후로 우리 집과 그 집 사이는 이웃이 아닌 적처럼 서로 얼굴을 외면하는 사이가 되었다.

치열한 중학교 입시 시험에서 낙방하고 2차로 들어간 중학교 시절 기타를 치고 노래를 불러 대던 동생은 노래하는 성악가가 되고 싶다고 했다. 중3이 되어 담임 선생님과의 상담 끝에 그 애의 진로는 음악으로 정해졌다. 엄마의 정성과 노력으로 그 애는 좋은 성악 레슨 선생님을 만났고 자신이 좋아하는 길이라서 열심히 했는지 수월하게 예술고등학교와 음악대학에 들어갈 수 있었다. 대학 입학식 날 아버지는 마침내 막내에 대한 걱정을 접고 기쁨의 춤을 추어 온 집안이 축제 분위기가 되었다. 엄마는 레슨비 외에도 수시로 정성이 들어간 선물을 갖다 드리고는 했다. 거기에는 내 혼수로 준비했던 스텐 대야도 있던 것이다.

대학생이던 동생이 군 복무를 위해 입대한 지 몇 달 만에 환갑 나이의 아버지가 갑자기 심장마비로 돌아가셨다. 외출 휴가를 얻어 장례식에 온 동생은 서럽게 울어 댔다. 그런데 한 달 후 그 애에게서 온 편지를 들고 엄마가 어쩔 줄을 몰라 했다. 하고 싶은 대로 살아온 그에게는 군 생활이 너무 힘들었는지 탈영하고 싶다고 쓰여 있었다. 군에서의 탈영은 인생의 끝을 의미했다. "설마?" 하던 나와는 달리 어미의 직감으로 위기를 감지한 엄마는 한숨도 못 자고 이튿날 사방으로 SOS를 쳤다. 아들 가진 사람들은 한마음으로 걱정하고 빨리 손을 써서 편한 보직으로 옮겨 주라고, 높은 지위의 군인을 소개해 주겠다고 나섰다.

어느 날 엄마가 말했다. 모르는 사람 찾아가 부탁하느니 차라리 껄끄러운 사이지만 아는 사람이 낫다고. 그 당시 무궁화를 모자에 달고 다니던 윗집 군인 아저씨 생각이 나서 사과 한 상자 들고 그 집을 찾아갔노라고. 엄마는 동생 문제로 모욕당하고 서로 외면하던 윗집 아줌마를 '아들을 위해서 내 자존심 한번 죽이자' 하는 생각 끝에 찾아갔다고 말했다. 나는 놀랍기도 하고 그런 엄마가 불쌍해서 물었다.

"문전 박대는 안 당했고? 아줌마가 뭐라셔?"

"응, 친절하게 대해 주면서 이웃인데 도울 수 있으면 도와주겠다

더라."

우리는 반신반의하면서 서로 얼굴을 쳐다보았다.

이삼 주 후에 동생이 콧노래를 부르며 집에 왔다. 엄마는 놀라서 "아니 너 도망 나온 거 아니지, 휴가도 아닐 텐데 웬일이야?" 하고 외쳤고 우리는 자초지종을 들었다. 어느 날 사령부에서 불러서 갔더니 기억도 희미한 윗집 아저씨가 "노래만 하던 네가 힘든 훈련 받느라 고생이 많구나. 얘 좀 잘 대해 주게나." 한마디 하고 간 후에 상관들이 앞다투어 자기에게 잘해 주고 휴가까지 내주었다고 했다. 엄마의 수고와 기도 덕분인지 그 윗집 아저씨는 바로 인근 부대의 대대장인데 일부러 동생을 만나러 왔다고 했다. 윗집 아줌마는 자식들 때문에 생겼던 10년 전의 미안한 일에 대해 화해하고 싶어서 남편을 설득했던 걸까? 알 수 없다.

그렇게 엄마의 아픈 손가락이던 동생은 대대장이 인정한 노래 잘하는 군인이 되어 부대에서 노래 부르며 사랑받다가 무사히 군 복무를 끝낼 수 있었다. 엄마가 자신이 아들을 구했다며 되풀이하던 그 무용담은 몇 번 들어도 지루하지 않았고 들을 때마다 가슴이 훈훈해지곤 했다. 자기 본위로만 살던 20대의 나에게 그 사건은 이웃사촌이라는 말로 표현되는 한국인의 정서를 이해하고 타인의 아픔에 공감하는 마음을 갖게 해 주었다.

엄마의 이미지는 내게 무거운 짐이 가득 담긴 큰 대야를 이고 가는 여자로 기억된다. 그녀는 병약하고 못난 자식을 머리에 이고 한 번도 좌절하지 않고 당당하게 앞으로 나아갔다. 그녀의 정성에 감동한 사람들이 힘을 모아 함께 밀어주어 막내는 마침내 제자리에 갈 수 있었다. 우리는 모두 자신이 잘나서 이 자리까지 왔다고 생각한다. 그런들 어떠할까. 언젠가는 우리 모두 자식이라는 짐을 지고 자신의 엄마가 걸어간 길을 뒤따르고 있을 텐데.

✍ 양혜자

» 『문학과 시드니』 제2집에 기고한 글이다.

영감 간호사

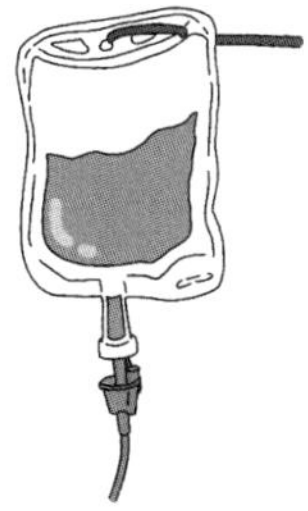

투석실 수간호사가 내 남편에게 "엑설런트"라고 엄지손가락을 들어 보인다. 고집쟁이 남편의 표정이 개선장군같이 흐뭇해 보인다. 물론 농담이겠지만 간호사가 휴가 때 자기 대신 일 좀 해 달라고 부탁까지 한다. 별로 칭찬받아 본 적 없는 남편이 신이 나 펄펄 날아다니는 모습이 장관이다.

3일간 하루에 8시간씩 복막투석을 위한 교육을 받고 있다. 나이 70이 넘은 영감이 낯선 의학용어로 강도 높은 교육을 무사히 마치고 마지막 날 시험까지 통과해서 다행스럽고 기특하다. 또 다른 간호사가 "저런 남편이 있어서 행운"이라고 부러워하길래 내가 45년 동안 곁에 있어 줬으니 이제부터는 당연히 저 영감 차례라고 못 박아 주었다. 말해 놓고 보니 밴댕이 소갈머리가 들통난 것 같아 살짝 민망했다. 다시 6주간 수동식 복막투석을 집에서 교육받은 대로 실시해야 한다. 하루에 네 차례씩 해야 하니 종일 매달려 있어야 한다.

닭띠 동갑내기 우리 부부는 아직도 마주치면 티격태격한다. 그래서 가능하면 서로 피해 다니는 따로국밥인데 6주 동안 꼼짝없이 코 맞대고 앉아 있어야 한다. 투석액이 내 몸 안을 통과해서 빠져나오는 동안 세심하게 관찰하여 타이밍을 잘 맞추어야 한다. 평소 영감 성격으로는 집어 던지고 도망갈 줄 알았는데 의외로 잘 참아 줘서 고맙게 생각한다.

젊어선 각자 자기 일에 몰두해, 한가로이 마주 앉아 대화를 나눌 겨를없이 살아왔나 싶다. 게다가 성격과 취향이 극과 극이라 서로가 피하는 게 가정의 평화를 유지하는 길이라고 생각하며 지내왔다. 지루한 6주간 참 많은 대화를 나누었다. 일사후퇴 때 부산에 피난 가서 살던 얘기를 하다가, 영감이 나에게 어느 동네에 살았느냐고 말을 던졌다. 나는 시청 앞에 세 들어 살았는데 저녁 무렵이면 집집이 서둘러 대문을 잠가 버렸다고 말했다. 다행히 은행 집만 대문을 열어 놔서 우리 식구들이 깨끗이 씻을 수 있어 지금도 고맙게 생각한다 했다. 아뿔싸, 그 은행 집이 자기네 집이었다는 거다. 남편 이때부터 더욱 거들먹거리기 시작한다.

"너는 그때부터 우리 집에 신세를 졌으니 평생 고마워해야 한다."

그래서 또 싸운다. 드디어 적응 기간이 끝나고 이제부터 하루에 한 번씩 야간에 자동 복막투석이 이루어지게 되었다. 그것도 집에서 말이다. 그러니 그에게 감지덕지할 수밖에 없다.

요즘 그 조 영감이 가는 데마다 칭찬이 자자해서 살맛 나는지 싱글벙글한다. 교회에서 마누라 병간호 잘한다고 격려와 칭찬의 박수를 받고 신바람이 난 것 같다. 동문 모임에서도 병간호가 너무 지극해서 마누라가 회복이 빨라 모임에도 참석했다고 모두 기뻐한다. 칭찬 세례에 경상도 고래가 춤을 춘다. 그러면서 영감은 덧붙인다. 하루에 한 번 잠자는 동안 기계가 자동으로 투석을 해 준다고. 그때 비로소 한숨을 돌릴 수 있다는 거다. 그렇지만 말이 쉬운 이야기다. 고맙기야 하지만 내 머리맡에 놓인 컴퓨터의 기계음에 잠을 이루기가 어려웠으니까. 내가 몸을 뒤척일 때마다 기계에 연결된 고무호스가 눌리고 꼬이면 컴퓨터가 비명을 질렀고, 결국 나는 투석이 끝나는 새벽 6시경에야 깊은 잠에 빠지곤 했다. 나 때문에 조 영감은 여행은커녕 밤 외출도 못 한다. 피치 못할 저녁 모임에 참석했다가도 투석해 주러 서둘러 돌아와야 했다.

아무리 자동이라고 해도 기계 세척, 세팅, 뒤처리까지 만만치가 않다. 제일 지루한 것이 손 씻는 일이다. 특수 세제로 3분가량 손가락 하나하나를 문질러 깨끗이 씻어야 한다. 3분이란 시간이 그렇게 긴 줄은 처음 알았다. 그렇게 결사적으로 닦아 내고도 또 안티 박테

리아 젤을 듬뿍 발라 비벼 대니 영감의 손 피부가 상해 껍질이 벗겨진다. 시어머니가 보셨으면 얼마나 가슴 아파하실까?

이제 내 목숨이 영감의 손에 달려 있으니 조신하게 엎드려 있어야 하는데 밴댕이는 역시 밴댕이다. 걸핏하면 죽는 게 낫겠다고 투정부리고 유세를 떤다. 이민 와서 나를 너무 힘들게 해 은퇴와 동시에 서울 딸네 집으로 도망가려고 했는데 그때 참길 잘했다는 생각이 든다. 사람의 일이란 참 묘하고도 모를 일이다. 그렇게 벗어나고 싶었던 남편의 도움을 이렇게 오지게 받게 될 줄이야 누가 알았겠느냐 말이다.

어쨌거나 정식 간호사 자격증에 도전해 보라는 간호사의 말에 우쭐해진 백수 조 영감은 이미 남자 간호사가 되어 구름 위에 올라앉아 흐뭇해한다. 내가 밴댕이 속일지언정 그나마 속이 있다면 다 꺼내 주고 싶을 만치 감사하는 밤이다.

✍ 박조향

» 『호주 한국신문』에 기고한 글이다.

할머니 쌀랑해요

© 박조향

며칠 전까지만 해도 초등부·중등부 수련회장이었던 우리 집이 순식간에 절간으로 변해 버렸다. 공사 중인 옆집에서 뭔가를 탁탁 두드리는 소리가 마치 목탁 소리처럼 들렸다. 우리 집 마당 한복판에 립상으로 서 있는 대형 빨랫줄이 오늘은 평소와 달리 귀하고 고맙게 여겨졌다. 아이들 매트리스에서 걷어 낸 요, 이불 홑청, 베갯잇 모두를 서너 차례 나누어 세탁기에 돌린 후 널어놓았다.

평소에 나는 우리 집 뒷마당 잔디 위에 네 팔을 활짝 벌리고 서 있는, 고집스러워 보이기까지 한 빨랫줄이 너무 싫었다. 찬란한 햇살이 내리쬐는 아침이면 뒷마당에서 지저귀는 새들과 화단의 나무들이 보고 싶어져 자연스레 창밖으로 눈을 돌리게 되는데, 그때마다 제일 먼저 눈에 들어오는 게 이 볼품없는 대형 빨랫줄이었다. 특히 따끈한 커피 한잔을 손에 들고 낭만에 취해 바깥의 환상적 전경을 잔뜩 기대하고 있을 때, 보이는 거라곤 오직 줄 위에서 크고 작은 수건들과 옷가지들이 휘날리는 광경뿐이면 더욱 미울 수밖에 없다. 그러나 오늘은 빨랫줄과 그 위에 빽빽이 걸린 모든 것들이 아름답게만 보였다. 널어놓은 빨래를 보니 아이들이 눈앞에 어른거렸다.

손자들이 오기 전 난 부랴부랴 빨래 건조기를 구입했다. 두 딸 가족이 오기 전 준비해야 할 것들의 목록 중 하나였다. 올해 들어 시드니에 유난히도 비가 많이 내려 가족들이 오면 반드시 있어야 할 것 같았다. 애들이 매일 나가 축구, 농구, 달리기 등 많은 운동을 하니 빨래가 매일 매일 나올 것은 당연했다. 건조기를 사기 위해 전자제품 소매점을 방문했더니 대부분 품종이 재고가 없어 두세 달은 걸려야 물건이 온다는 것이었다. 나는 단지 태평양 건너 멀리서 오는 두 딸을 위해 사려는 것인데 늦으면 아무 소용이 없었다. 딸들은 두 달 후에 돌아갈 예정이었으니 말이다. 조바심 끝에 나는 어떻게든 구해 보라며 시드니에 사는 우리 집 문제 해결사인 작은딸을 들볶았고, 급기야 온라인으로 산 건조기 한 대가 6월 초에 큰딸이 도착하기 바로 전날 배달되었다.

드디어 아이들은 밀려들었고 우리 집엔 합숙소가 세워졌다. 난 방 하나를 정해 안에다 몇 개의 매트리스를 죽 깔아 군대 막사같이 해 놓고 손자들을 그곳에 재웠다. 애들은 자기 집 침대보다 좋다며 펄쩍펄쩍 뛰기도 하고 넓디넓은 매트리스 위에서 서로 부둥켜안고 마구 뒹굴기도 했다. 애들에겐 최고의 실내 놀이터였다. 예상대로 빨랫감은 끊임없이 쏟아져 나왔다.

한동안 조용하던 비가 어느 날부터 제법 굵은 비가 되어 떨어지기 시작했다. 하지만 폭우가 내리고 장마가 시작된다 해도 난 걱정 없었다. 빨래 말리는 데 문제없을 걸 생각하니 괜스레 기분도 좋았다.

자기네들을 위해 딱 시간 맞춰 장만해 논 이 어미의 깊디깊고 바다 같은 마음을 요것들이 알아주려나? 은근히 나의 공을 치사받고 싶은 마음이었다.

다섯 애들이 벗어 논 운동복, 겉옷, 속옷 등을 세탁한 후 건조기에 넣었다. 기계는 힘차게 잘 돌아갔다. 서너 시간 지난 후 뽀송뽀송 잘 말라 있을 세탁물을 기대하며 꺼내 보니 아뿔싸 이게 웬일! 건조기로 들어가기 전 축축한 그 모습 그대로였다. 집 안은 난리 법석이 되었다. 이 많은 빨래를 어찌 말린담. 쌓여만 가는 빨래 앞에 별 도리 없이 애들은 젖거나 축축한 옷을 그대로 걸쳐 입기도 했다. 축축한 옷을 입으면서 뭐가 그렇게도 재미나는지 애들은 깔깔대며 박장대소했다. 내 속에선 열이 치솟았고 치솟는 열을 억지로 누르며 참으려니 열은 더욱더 치솟아 올랐다. 이런저런 연락 후 공급처로부터 파견된 기술자가 테스트한 결과 물건이 불량품임으로 판명되었다.

내 평생 꽤 많은 전자제품을 구입해 보았건만 이렇듯 불량품을 받아 본 적은 이제까지 한 번도 없었다.

"왜 하필 이 중차대한 시점에 불량품이라니? 말도 안 돼." 하며 난 누군가를 원망하고 싶었다. 하늘도 야속했다. 딸들 죄도 아니건만 딸들은 엄마 눈치 보느라 내 눈을 슬슬 피하는 듯했다. 시간이 지나자 별것 아닌 일에 분을 토했던 내가 오히려 쑥스러웠고 애들에게 미안했다. 이것이 제구실을 못 해 한 달간 우리 집 창고에서 말없이 조용히 있다 떠나야 했던 애처로운 불량 건조기의 마지막 운명이었다.

애들이 모두 떠났다. 핵가족들이 모여 대가족으로 그동안 같이 살다가 다시 핵가족으로 흩어져 각자 제집으로 돌아갔다. 건조기가 있던 곳이 지금은 비어 있다. 애들이 펄쩍펄쩍 뛰놀던 매트리스도 비어 있다. 그러나 빈 곳마다 손자들의 무수한 이야기들이 채워져 있다. 그 속에는 부서진 정수기 꼭지 사건도 들어 있다.

난 아침마다 식전에 먹는 약이 있는데 이 약을 먹을 때는 꼭 정수기에서 나오는 따끈히 데워진 물과 함께 먹는다. 오늘도 우리 집 정수기의 꼭지는 빠져 있었다. 손자 중 한 놈이 정수기 앞의 컵 놓는 자리에서 컵으로 마술을 부리겠다며 컵을 이리저리 돌리더니 급기야 '탁' 하는 소리와 함께 꼭지가 부서져 나가 버렸다. 꼭지를 부숴 놓다니 손자 놈의 마술은 역시 대단했다. 이렇듯 아이들의 빈 자리마다 채워져 있는 사건과 사고들을 생각하면 화가 나다가도 히죽히죽 웃음이 절로 난다.

휘날리는 빨래를 보며 손자들을 향한 그리움에 젖어 본다. 손자들이 떠나던 날 젤 나이 어린 손자의 인사가 생각난다.

"할머니 쌀랑해요" 하며 조그만 두 주먹을 오므리며 하트 모양을 그렸다. '사랑해요'가 국적 불명의 언어로 둔갑한 거다. 나도 두 주먹을 웅크려 하트를 만들어 본다. 그러나 손자들이 떠난 후 내 마음은 썰물처럼 썰렁하다. 그래도 난 애써 웃어 본다. "나도 쌀랑해요" 라면서.

충성스럽고 우직스럽기만 한 우리 집 빨랫줄에는 손자들이 남겨 놓고 간 추억들이 아직도 펄펄 휘날리고 있다.

✍ 심무경

솜이불의 추억

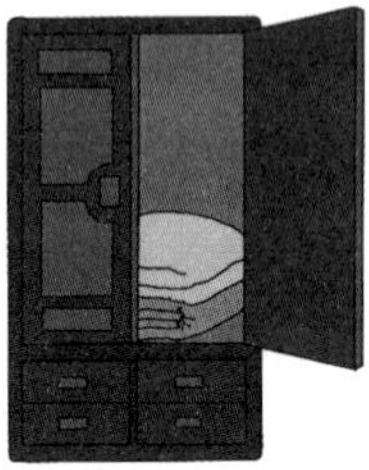

성경 필사를 하다가 잠시 쉬며 창밖을 내다본다. 수영장 울타리에 말리려고 널어 둔 작은 솜이불이 따뜻한 봄 햇살을 쬐고 있다. 겨우내 포근하게 무릎을 덮어 주던 것이다. 지금은 나의 시린 무릎을 따뜻하게 감싸 주는 용도로 바뀌었지만 실은 내가 아이 셋을 키울 때 사용하던 유아용 이불이었고 나중에는 한국을 가끔 방문하던 손주들도 요긴하게 사용하였다. 그러다가 몇 년 전 호주로 이사 올 때 추억이 담긴 그 이불을 챙긴 것이다.

문득 생각이 난다. 오래전 엄마와 함께 목화를 따던 때가. 그해에는 유난히 농사가 잘되었다고 기뻐하던 엄마를 따라 햇살이 눈부신 들녘에서 작은 뭉게구름 같은 목화송이를 한 아름 따 모았다. 어느

덧 나는 솜이불과 함께 엄마에 대한 추억 여행을 떠나고 있다.

엄마의 장롱 속에는 엑스레이 사진이 한 장 있었다. 피난 길에 트럭을 타고 오다 사고로 목을 다쳐서 찍은 사진이다. 흑백의 뼈 사진은 어린 나에게는 신기하기도 했고 무섭기도 해서 그 속에 있는 엄마의 아픔은 읽지 못했다. 아니, 볼 줄을 몰랐다.

엄마의 장롱 속에는 아빠의 연미복이랑 양복이 몇 벌 있었다. 피난 길에 자가용 자동차도 쌀 한 말에 바꿔 먹고 결혼사진과 아이들 돌 사진도 다 버리고 왔지만 엄마는 오직 남편의 옷 몇 벌은 챙겨 왔었다. 곧 우리를 뒤따라 내려올 아버지가 입어야 하는 소중한 가장의 옷이었으므로. 화창한 날에는 그 옷들을 꺼내어 볕을 쪼였으니 아마 오늘같이 좋은 날씨였을 것이다. 그러나 한 해가 가고 두 해가 가도 남편이 돌아오지 않아 엄마는 그만 속절없이 과부가 되었고 우리 사 남매는 아빠 없는 자식들이 되었다.

이웃에는 홀로 사는 여인들이 여러 명 있었지만 그중에 엄마의 육촌 동서가 있었고 서로 처지가 비슷하여 더 가까이 지냈다. 어느 날 나는 두 분이 "모가지가 길어 슬픈 짐승이여*"라는 시를 외우며 슬픔을 달래는 모습을 보았다. 서로 위로하고 의지하여 힘을 북돋우어 가며 하염없이 기다리다가 두 여인은 점점 목이 긴 사슴을 닮아갔다. 그때는 잘 몰랐다. 나중에야 알았지만 과부로 살아간다는 것이 얼마나 힘든 일이었는지. 내 가슴이 저민다.

엄마에게는 자식처럼 키우는 흑돼지가 한 마리 있었다. 주인이 거두는 대로 잘 자라서 일 년에 보통 12마리의 새끼를 낳았다. 새끼들을 여러 달 키워 통통하게 살이 오를 때 한 마리를 남기고 모두 시장에 내다 팔면 그 돈이 엄마의 용돈이 된다. 마침 방학이 되어 객지에서 공부하던 자식들과 조카들이 다 모이면 남은 한 마리 돼지를 잡아 잔치를 벌인다. 할아버지를 비롯한 우리 식구 13명이고, 열 자녀를 둔 삼촌 식구를 모두 합하면 30명은 족히 된다. 수육으로 또는 순대로 만들어서 그날로 다 먹었던 기름기 적은 고기 맛은 잊을 수가 없다. 지금 생각하면 그 흑돼지가 애써 키운 자식보다 더 효녀 노릇을 했구나 싶다. 그때는 몰랐지만 나중에 알게 된, 효도하지 못한 딸은 한없이 부끄러워진다.

그 당시는 아침부터 동냥 오는 거지들이 참 많았다. 보통은 쌀을 주는데 아침 밥을 먹을 때 오면 밥상을 차려 주었고 그들을 위해 아예 그릇과 수저도 따로 마련해 두었다. 오전 오후 얼마나 많은 이들이 오는지 어떨 때는 귀찮아지기도 해서 "엄마는 귀찮지도 않아요?" 물었더니 엄마는 "다 너희들 복 받는 길이지"라며 웃고 만다. 그래서 지금까지 우리 네 형제자매가 별 탈 없이 살고 있는 듯하다.

어느 날 전국을 다니며 체를 파는 아줌마가 순이라는 여자아이를 데려왔다. 그 아줌마의 친척 과부가 개가를 하는데 차마 딸을 데리고 갈 수 없다는 것이다. 누군가에게 맡겨야 하는데 '누군가'에 엄마가 추천을 받은 것이다. 엄마는 평소 멀리서 물건 팔러 오는 장사꾼에게 야박하게 대하지는 않았나 보다. 순이는 심부름을 하며 초등학교를 졸업했고 지금은 결혼하여 자기 고향 포항에서 잘 살고 있다. 우리도 마침 그곳에서 살게 될 기회가 있어 순이를 만난 적이 있는데 그때 순이가 가져온 것이 김치 한 통이었다. 오랜 외국 생활을 하다가 귀국한 우리에게 그것이 제일 필요하다고 생각한 모양이었다. 그 김치가 어찌나 맛있던지 바로 엄마의 손맛 그대로였다. 딸이 객지에 나가 공부한다고 살림살이하는 법을 배우지 못할 때 순이가 대신 엄마의 음식 솜씨를 전수받은 것이다. 그 후로 나는 순이에게 김치 담그는 법을 배워 오라고 종종 남편의 핀잔을 받기도 했다.

방학이 되어 고향에 내려온 딸에게 엄마는 늘 음식으로 사랑을 표현했다. 그중 내가 가장 좋아하는 것은 정성이 많이 드는 '손국수'이다. 농사지은 밀가루에 생콩가루를 적절히 배합하여 만든 반죽을 홍두깨로 얇게 밀어 가늘게 썰어 놓는다. 그다음엔 살짝 삶은 메주콩에 약간의 볶은 참깨를 넣어 맷돌에 갈아 체에 받혀 콩 국물을 만들고 쇠고기볶음, 달걀 황백 지단, 애호박볶음과 양념장을 준비한다. 국수를 삶아 샘물에 헹궈 소쿠리에 건져 놓고 졸깃한 국수를 큰 대접에 담아 구수한 콩 국물을 붓고 색색의 고명까지 더하면 아주 맛있는 손국수가 된다. 신혼 초 장모의 손국수를 한번 먹어 본 남편은 두고두고 그 맛을 잊지 못했다. 그 무더운 여름, 연신 흐르는 땀을 닦아 가며 홍두깨로 국수를 밀던 엄마의 모습. 그때는 그 수고는 모르고 맛만 알았다. 부채질 한 번 해 드리지 못했던 것이 가슴에 저린다.

바로 이웃에 삼촌이 살고 있었는데 아들 여덟, 딸 둘을 둔 자식 부자이다. 엄마는 시아버님 못지않게 그 시동생도 잘 섬겼다. 아빠는 고향에 있는 정미소를 동생에게 맡겨 놓고 다른 사업을 하느라 대구로, 서울로 이사 가서 살다가 그 길로 돌아오지 못했으므로 그 재산이 고스란히 삼촌 것이 되었다. 그러나 엄마는 그 어떤 권리도 주장하지 않고 오히려 우리에게 이렇게 일러 주었다. "삼촌이 잘 되면 그것이 다 너희들의 든든한 울타리가 된다"라고 했다. 그렇게 자란 우리는 사촌들과 늘 친형제처럼 지냈고 삼촌도 우리 사 남매 조카를 잘 챙겨 주었다.

세월이 흐르면서 아빠가 벌어 놓고 간 재산을 하나둘 곶감 빼먹듯이 빼먹고 나니 엄마도 말년에는 경제적으로 고통받았다. 철없는 나는 그때 꼬박꼬박 월급을 받는 교사였는데 용돈 한번 넉넉하게 드리지 않았다. 그때는 별 생각 없이 지냈는데 돌이킬 길이 없어진 후에야 나는 눈물을 흘리며 뉘우친다. 효도를 하려 해도 벌써 떠나고 없다. "엄마 잘못했어요. 용서해 주세요. 미안해요." 수없이 되뇌어 봐도 대답이 없다.

이제 따뜻한 봄이 되어 솜이불이 더 이상 필요할 것 같지 않아 넣어 두려고 했는데, 오늘은 엄마가 더 보고 싶고 그리워 시린 가슴에 꼭 안아 본다. 솜이불처럼 포근한 엄마의 사랑이 따뜻하게 나를 감싸 주며 위로해 준다. 내 마음속에 들리는 소리, 듣고 싶은 소리, "네가 나의 기쁨이었단다."

고마워요. 엄마 사랑해요.

✍ 배명희

* 모가지가 길어 슬픈 짐승이여: 노천명의 시 『사슴』의 첫 구절이다.

매우가 오면

지금 내 고국 한국에서는 봄이 한창일 텐데 남반구 호주는 싸늘한 가을바람이 거세다. 몇 날 며칠째 아니 두어 달째 장마 폭우가 몰고 온 기상 이변이다. 한국과는 반대 기후라 겨울은 다가오지, 비는 내리지, 으스스한 추위 속에 난방 없는 이곳은 죽음이다. 타국 생활은 세월이 갈수록 뼛속까지 추위가 스며든다는 이민자들의 말이 이해가 되고도 남을 만치 날씨는 을씨년스럽고 스산하기만 하다.

대륙이라 피해 규모도 어마어마해서 마을 전체가 침수되고, 모래사장 가의 집이 통째로 무너지기도 했다. 고립된 지역에 사는 가족들이 주택의 지붕까지 물이 차올라 아기를 안은 채 지붕 꼭대기에 올라앉아 헬기의 구조를 기다리는 기상천외한 일이 발생하기도 했다. 사람들은 집에 갇혀 한 치 앞도 알 수 없이 바뀌는 세상을 불안해했다. 지구 온난화 때문이라는 둥 재앙이라는 둥 떠들어 댔다. "후손을 위해 기후변화에 대처해야 할 강력한 정책이 필요한 때!"라며 녹색당에선 정치공세를 하고 나섰다. 유난히 파란 하늘과 푸른 바다, 이글거리는 태양이 호주의 상징인데 "이제 시드니는 한물갔다"라는 등 자조 섞인 목소리도 거세어졌다. 앞으로 기후가 어떤 형태로 인간에게 보복을 할지 걱정이다.

어두운 집에 우울하게 갇혀만 있으니 문득 기발한 생각이 떠올랐다. 〈사운드 오브 뮤직〉에서처럼 비 오는 날은 즐거운 생각을 해야겠다는. 지금쯤 한국은 봄이 무르익었을 터, 봄, 봄, 봄이 왔겠다. 기분이 둥둥 뜬다. 어딘가로 뛰쳐나가야만 할 판이다. 그런데 봄 하면 나에겐 섬진강이다. 아련한 봄 아지랑이 일렁이는 강변을 따라 수채화 푼 듯한 길을 무작정 차로 달렸던 시절! 섬진강 자락을 휘돌아 구례 화엄사에 이르면 천지가 노랑 산수유로 꽃 멀미를 시작했다. 겨우내 가지에 납작 웅크렸던 매화꽃망울들이 막 산도를 빠져나온 아가처럼 부스스 기지개를 켜면 연분홍 벚꽃이 제주도에서 시작하여 서울까지 솜사탕처럼 흩날렸다. 설레던 처녀들 마음 가라앉을 무렵 가로수에 앙큼하게 달라붙은 붉디붉은 꽃들이 아치를 만들며 길손을 맞았다. 천지를 화려하게 수놓는 그 선홍색 배롱꽃이 쑥 내음 진한 여름과 어울리면 섬진강의 교향악은 절정에 달했다.

그날 나는 엄마를 모시고 섬진강을 달리고 있었다. 자꾸만 쇠약해지시는 데다 약간의 치매기까지 있는 엄마가 항상 맘에 걸려 어디라도 모시고 가고 싶었다. 그때가 마침 초여름이 봄의 자리를 비집고 든, 졸망졸망 맺힌 매실이 커 가는 황금 시기였다. 매실마을 홍상리로 들어서는데 후드득 빗발을 뿌리기 시작했다. 살포시 내리쬐는 노랑 햇살 사이로 빗줄기가 퐁퐁 흙 내음을 일으키며 강변 길을 애무했다. 솜털 보송한 연두색 매실이 막 첫 목욕을 마친 아가처럼 촉촉하고 눈이 부셨다. 나는 엄마 손을 잡아끌며 탄성을 질렀다.

"엄마, 저 매실 좀 보세요. 아이, 앙증맞아라!"

엄마는 내가 잡은 손을 가만히 빼더니 시인처럼 말했다.

"초여름을 재촉하는 장맛비야. 저 비가 오면 매실은 다 지고 말아."

나는 순간 멈칫했다. 엄마의 얼굴에 얼핏 스쳐 가는 어두운 그림자를 보았기에. 하지만 그도 잠시, 아는 척을 했다.

"아, '고사리 장마'처럼요?"

작년 봄 제주에 사는 시누이랑 부연 비 뿌리는 날에 고사리 꺾던 기억을 떠올렸다. 고사리를 꺾을 시기인 5, 6월에 내리는 찹찹한 안개비가 '고사리 장마'라고 신이 난 시누이가 알려 줬다. 그런데 나는 비릿한 생고사리 향이 싫어서 아무 말도 안 했다. 제주도 오름 가는 길목 돌무덤 가에 우중충한 물안개에 싸인 고사리밭이 왠지 으스스하고 불편했다. 그때 엄마가 탄식하듯 중얼거렸다.

"그렇지. 저 비는 매우(梅雨)라고 해. 그런데 매우가 오면 매실이 다 지는데."

엄마는 말끝을 흐렸다. 매우는 변덕쟁이 봄의 갈증을 축여 주는 약수처럼 반갑지만, 미처 수확 못한 매실을 야금야금 떨어뜨리는 고약한 녀석이란다. 그래도 지루한 장맛비를 향기로운 매우로 바꿔 부른 선조들의 여유와 해학이 참 멋져 보였다. 매우가 떠나간 후 태양은 지구와 단단히 궁합을 맞추는 모양이다. 이름하여 사랑하는 선남선녀가 물오르는 초여름. 지구를 갈색 근육질로 단련시키고 구애하여 결실을 맺으려는 태양의 밀당으로 여름은 절정으로 무르익었다.

여름 장마가 오기 전 엄마는 배추와 열무김치를 그득히 담가 장마 채비를 했다. 장마가 지면 배추가 물에 녹아 김치 맛이 없어지고 배춧값이 오른다면서, 빨간 고추를 툭툭 독에 썰어 넣고 마늘, 생강, 밥을 갈아 숭덩숭덩 열무김치를 담갔다. 눅눅한 장마철에 엄마가 차려 주던 밥반찬 중 최고는 짭조름하고 개운한 황석어였다. 밀봉한 항아리에서 갓 꺼낸 누리끼리 통통한 황석어 살을 발라 자식들 물 말은 밥 수저에 차례로 얹어 주던 엄마의 손맛. 우리는 참새 새끼들처럼 입 벌려 홀랑 받아먹고 연신 숟가락을 내밀곤 했다.

장마 내내 엄마는 어린 자식들 거두어 먹이기에 바빴다. 신식 빵이나 과자를 구워 먹이려고 연탄용 오븐을 사 놓고 엄마는 종일 빵을 구웠다. 비 때문에 밖에 못 나가도 우리는 먹을 게 풍성한 좁은 집이 더 좋았다. 비 오는 날 엄마의 빵 굽는 냄새! 지금도 비 오는 날이면 그 향기와 엄마의 동그란 어깨, 구부린 등이 떠오른다. 그때는 그저 엄마의 등은 항상 그런 것이거늘 했다.

장마가 길어질 때면 아버지는 바지를 걷어 올린 채 삽을 들고 마당에 나갔다. 넘치는 물길을 하수구로 돌리느라 정신이 없었다. 우리는 물에 빠진 생쥐가 되어 물속을 찰박거리고 깔깔거리며 신나 하기만 했었다. 지붕 위를 두들기는 빗줄기가 아무리 굵어져도 겁나지 않았다. 우리를 지켜주는 든든한 아버지와 엄마가 있었기에.

홍상리에 갔던 그날, 식당에서 후식으로 나온 유과를 보며 엄마가 중얼거렸다.

"아…! 매실 꽃이 지고 말았네. 하얀 꽃이 피어 있으면 이과 위에 튀긴 이밥 같을 텐데."

엄마는 마치 슬픈 시인처럼 말했다. 나는 일부러 매실을 자루로 사서 엄마에게 안겨 주었다. 엄마는 매실을 담그며 얼굴이 밝아졌다. 매실청과 오돌오돌 사각사각한 매실장아찌를 담가 자식들에게 나눠 주며 행복하게 늙어 갔다. 그때만 해도 섬진강 물속에 베잠방이 채로 털썩 주저앉은 채 재첩을 줍던 엄마의 여름은 눈부시게 찬란했다.

무더위에도 땀을 흘리며 일을 즐기던 엄마는 육신을 너무 아끼지 말라며 육신은 유한 거라고 했다. 점점 쇠약해진 엄마가 요양병원에 갇힌 사이 코로나가 엄마를 점령했다. 내가 호주에서 제 행복에 차 있던 때 엄마는 저세상으로 건너가셨다. 매실이 익어 가고 매우가 오던 날! 하늘로 반짝 무지개다리가 걸리며 엄마는 영원히 우리와 이별했다. 고사리 장마를 가르쳐 준 시누이도 세상을 떴다. 두 분 모두 '고사리 장마'와 '매우'가 내릴 무렵 약속이나 한 듯 떠나가셨다. 이제 엄마는 그토록 좋아하던 매화꽃놀이도 매실놀이도 할 수 없다. 매우를 바라보며 사색에 잠긴 엄마의 굽은 등도 더 이상 볼 수 없다. 시누이와 고사리를 꺾을 수도 없다. 제주도에 가도 영영 볼 수 없는 사람이 되었다.

올해엔 엄마를 뵈러 꼭 한국에 가고 말 테다. 하얀 눈송이 같은 매화꽃망울 한 가지라도 엄마 무덤 앞에 놓아드릴 수 있다면 정말 좋겠다. 어디선가 콰르릉 쾅! 천둥소리가 지축을 흔들어 댄다. 고개를 드니 담 너머 유칼립투스나무에 찌지직! 번개가 꽂힌다. 호주의 지긋지긋한 홍수도 그만 물러가면 좋으련만.

✍ 이마리

기적같이 한 권의 책이 탄생했다

운 좋게도 예쁜 팔색조의 한 자락 깃털이 되어 공들인 수필을 날개에 달아 놓고 수놓는 이 행복. 오래된 엉킨 실타래를 풀어 짠 목도리로 손주들 몸을 포근하게 감싸 주듯 할머니의 살아온 얘기를 조곤조곤 들려주고 싶다. 손자들이 퐁당 할머니의 사랑 이야기에 빠질 그런 책이 된다면 얼마나 좋을까. 감사함이 샘솟는 시드니의 봄밤에. _얌전둥이 할매B

21세기 최대 사건인 코로나의 암울한 시기에 우리는 그리운 고국의 추억과 호주의 이민 생활을 정리해 보는 글쓰기에 전념할 수 있었다. 거의 1년 동안 한 달에 한 번씩 계속된 강행군의 글쓰기와 합평에 전화기를 든 팔에 쥐가 나도록 열을 올렸던 시간들이 스쳐 간다. 생명의 불꽃처럼 타오르던 내 안의 글쓰기 열정은 내 인생에서 경험한 최고 핫(Hot)한 순간으로 평생 잊지 못할 것이다. 그리고는 기적같이 한 권의 책이 탄생했다. _학구파 할매Y

모국을 떠나온 지 반세기가 되어 간다. 오랜 타국살이에서 위로와 힘이 되어 준 모국어였건만 나는 부끄럽게도 한글에 눈길 한 번 주지 않았음을 고백한다. 그러다 언제부터인가 한글이 내게 짜릿한 매력으로 다가오기 시작하더니 급기야는 나를 늦깎이 글 쓰는 할매로 마구 몰고 갔다. 내 다섯 편의 수필이 글동무 팔색조의 글과 함께 보물단지라도 된 듯, 소중히 간직하게 될 이 책자 속에 오붓이 담겨 있다. 글을 쓰며 누렸던 내 잔잔한 행복을 이 책을 읽는 독자들도 함께 누려 봤으면 하는 바람이다. 행여 새내기 습작가의 글발이 당신의 마음에 치유를 선사할 수 있다면 이보다 더 큰 행운이 어디 있을까요. _착한 할매S

공사다망한 할머니들이 10여 년 전부터 책을 읽기 시작하며 독서그룹이 탄생했다. 그 후 그 그룹이 수필동호인 '팔색조'로 변신하게 된다. 우리들의 신바람이 글 바람으로 휘몰아쳐 세월이 후딱 지나가 버리고 말았다. 모임의 공통분모는 남편들이 대학 선후배들이어서 부인들끼리 서로 존중하고 아끼는 각별한 사이지만 합평 때는 매섭고 따가운 채찍질이 서로에게 약이 되어 빠른 시간에 출간을 허락받으니 감개가 무량하다. 모국을 떠나 살며 겪은 다양한 삶의 체험은 진솔하고 아기자기한 색깔을 자랑하고 있어 글을 나누며 즐거워 깔깔대다가도 슬픈 대목에서는 모두 숙연해지곤 했다. 이민 온 지 오래되어 고국에서는 그동안 엄청난 한글의 발전과 철자법의 변천이 이루어져서 막내 이마리 작가가 목이 쉬도록 고생을 했다. 싫은 기색 없이 열과 성의를 다해 이끌어 주니 우리는 복덩이 할머니들인 게 틀림없다. 할머니들의 애정 어린 글이 사랑하는 손주들에게 기쁨과 자부심을 가득 안겨 주면 좋겠다.

"시드니 팔색조 복덩이님들 욕봤심니더. 글코 푸른길 김선기 대표님과 이선주 선생님을 비롯 편집부 선생님들께 뜨거운 감사를 드립니다. 언제 호주 한번 꼭 놀러 오이소."

_화가이자 독서방 대장P

김수영

피지에서 15년을 지내고 호주로 이민 온 지 22년된 평범한 주부이다. 엄청난 도약으로 선진국이 된 대한민국을 자랑스럽게 생각한다. 글을 써 본 적이 없어 힘든 일이었지만 글을 쓴 후 맛본 성취감은 카타르시스가 된다고 밝혔다.

김정인

대학에서 정신과 간호학 교수로 10여 년 재직하였고 이후 남편의 해외 근무로 호주에 정착하게 되었다.

박조향

끊임없이 작업하는 미술가이다. 세상 물정 몰라서 두려울 게 없었던 20대 후반에 싱그러운 단발머리 소녀들과 아름다운 꿈을 꾸며 창작활동에 푹 빠져 강산이 변하는 것도 몰랐다. 40대 중반에 남편과 삼 남매를 데리고 호주에 둥지를 틀었다. 60대 초반에 은퇴하여 시드니 변두리 바닷가에서 물새들을 벗 삼아 독서와 글쓰기로 노년을 아름답고 알차게 꾸며 보려고 애쓰고 있다. 저서로는 2013년에 20여 년 동안 제자들에게 써 온 손편지 140통을 그림과 곁들여 펴낸 『라일락 향기』가 있다. 『시드니 할매's 데카메론』의 삽화를 위해 기꺼이 본인의 원화를 제공했다.

배명희

해방 이듬해 성주에서 태어나 서울에서 공예과 교사로 10여 년 근무했다. 세 자녀를 키우며 남편의 직장과 일터를 따라 서울, 미국, 일본, 부산, 호주, 포항, 에티오피아에서 살았다. 지금은 시드니에 정착하여 딸들 가까이 살며 텃밭을 가꾸는 전원생활을 하고 있다.

심무경

이민 법무사 외에 무역회사에서 일한 경험이 있다. 은퇴 후에는 한때 손주 돌보미로 바쁘게 살았으나 지금은 글쓰기에 행복하고 바람직한 노후를 보내고 있다. 호주에서 거의 반백 년을 살다 보니 진정한 고향은 어디일까 하는 의혹도 짬짬이 들었으나 글을 쓴 이후 정체성이 분명해졌다. 한글과 함께하는 한 진정한 고향은 역시 한국이다.

양혜자

서울에서 도서관 사서로 일하다가 결혼 후 남편의 근무지인 도쿄와 사우디아라비아 제다에 거주하기도 했다. 제다 한국인 학교에서 임시교사로 근무했던 일은 무척 보람있었다. 30년 전 호주로 이민와 세탁소와 한국책 대여점을 운영했다. 은퇴하며 소장한 장서에 파묻혀 남편은 붓글씨를, 저자는 독서와 글쓰기로 여유와 자유를 만끽하고 있다.

이마리

아동·청소년 소설가로 이미륵 박사의 생애를 조명한 『소년 독립군과 한글학교』, 『동학 소년과 녹두꽃』, 『대장간 소녀와 수상한 추격자들』을 썼다. 수 편의 장편동화를 출간하였고 그 가운데 세 권이 연속 세종우수도서로 선정되었다. 최근 『캥거루 소녀』를 출간했으며 2022년 ARKO우수문학나눔도서로 선정되었다. 글쓰기를 사랑하는 사람들과 한글로 글 쓰는 기쁨을 나누며 행복한 나날을 보내고 있다.